ええ、召喚されて困っている
聖女(仮)とは私のことです 2
放されましたが、イケメン召喚師と手を組ん
救います！
守雨
ill: 仁藤あかね

ヴィクター
ハルを
召喚した召喚師
ハル（鮎川春）
ヴィクターに異世界に
召喚された聖女

ジュリエッタ王女
レスター王国の王女
ヤマネコ
ホルダール王国の
魔法使い
ドルー
植物魔法使いの花屋

私はこんなに美しい世界に召喚されたのね。
「楽しいねえ、クロ！」
「にゃにゃっ！」

Contents

ee,shoukansarete
komatteiru seijyo (kari) toha
watashi no kotodesu

ええ、召喚されて困っている聖女（仮）とは私のことです

魔力がないと追放されましたが、
イケメン召喚師と手を組んで世界を救います！

2

守雨

ill. 仁藤あかね

プロローグ★ヤマネコ

ホルダール王国の牢獄の中で、目の前の男は意識を失って倒れている。

「いい気味。しばらくはそのまま眠っていればいい」

当分目覚めないだろうとヤマネコは見下ろしながら笑う。

倒れている男は吸廃魔法使い。魔法使いの囚人は、魔力が一定以上溜まらないよう、毎日一回は魔力を吸い出され、廃棄される。男はいつものようにヤマネコの魔力を吸い出そうとして、襲われた。

少し前のこと。魔力を吸い出される直前の、一日で最も魔力が溜まっている時刻のことだ。ヤマネコは気弱そうな声で訴えた。

「おなかが痛くて動けない。助けて。すごく痛いの」

「腹痛？　動けないほど痛いのか？」

ヤマネコは一度脱走に失敗してからはずっと模範囚だったことと女だったことから、吸廃魔法使いの男は油断した。鍵を開けて中に入り、ヤマネコに近寄る。

男がヤマネコの肩に手を置いた瞬間、うずくまっていたヤマネコは男に飛び掛かった。ありったけの魔力を振り絞って身体強化魔法を発動し、男の首を絞めた。

ヤマネコは意識を失った男の服を脱がし、その服に着替えて牢獄を抜け出した。地下牢から地上へと続く道を走る。行き先は決めている。魔法師部隊隊長ブレントの屋敷だ。

ブレントが今、家にいないことは知っている。今夜は重鎮たちの会議があって、その後は宴会なのだそうだ。

「ずっとおとなしくしていた甲斐があった。私に聞き耳を立てられているとも知らずに、べらべらおしゃべりしていたものね」

その日の昼間、牢獄の掃除にきた男たちが大きな声で会話をしていた。模範囚の女の前だからと、油断したらしい。


ヤマネコは外に出ると、唯一使える身体強化魔法を発動した。硬くて強い爪が指先に伸びる。黒い爪を使って城壁を素早く登り、自由な世界へと飛び下りる。夜の街を走り、ブレントの屋敷を目指した。

いつかこの国の攻撃魔法優先主義を覆《くつがえ》す日のためにと、重鎮たちの屋敷は全て調べ上げ、頭に入れてある。

「でももう、仲間はみんな捕まってしまった。この国で私たちができることはない。だけど、最後になにかしら仕返しをしないとね。魔法師部隊の隊長の屋敷だから、警備が厳しいだろうけどさ。何かひとつくらい仕返しをしてやらないと気が済まない」

ところが予想に反して、ブレントの屋敷の警備はそれほど厳しくなかった。

魔法師部隊隊長の家に忍び込もうなどという命知らずがいないからだろうか。ヤマネコはブレントの屋敷に三階の窓から忍び込み、書斎の中を物色した。

書棚には高価な魔法書が並んでいるが、ふと、本棚が置かれている床板に、こすったような傷跡があるのに気がついた。

「本棚ごと動かしたってこと？　どれ」

傷がついている方向に、全力で本棚を押してみる。普通の状態なら無理だろうが、身体強化魔法を使っている今なら、なんということもない。正しい手順を踏まずに無理やり動かされた本棚が、ゴリゴリと床板を削りながら動く。

本棚が動いた後の床に、鉄の板が蓋をしている箇所がある。ヤマネコが太い爪をひっかけて持ち上げると、そこには……。

「あら。こんな本が隠してある。へえ。国のお偉いさんのくせに、こんな禁書をこっそり隠し持っているなんてねえ。ブレントのやつ、ずいぶん面白いことをしているじゃない？」

古い魔法書を床の隠し場所から抜き出し、ベッドから剥がしたシーツで包む。

外で馬車の音がした。それに続いて話し声がする。今夜は宴会で遅くなるはずのブレントの声だ。

「もう帰ってきたの？　家でも燃やしてやろうかと思ったけど、そんな時間はなさそうね」

ヤマネコは本を包んだシーツを身体に巻き付けて固く縛り、部屋を出た。声とは反対側の窓を開け、飛び下りる。

「たっぷり慌てるがいい。違法で貴重なこの本を盗まれて、眠れない夜を過ごせばいいわよ」

夜の闇に紛れ込んで走り出す。牢獄にいる間も身体が衰えないよう、密かに鍛え続けていた。全てはこの日のために、筋肉を保ち続けていた。

仲間が捕まり、この国の政治を変える手立ては尽きてしまった以上、この国にいる理由は、もうない。


ヤマネコは一番近い他国である北の隣国を目指した。

食べるために盗み、警備隊に見つからないように暗闇で仮眠する。逃げ続ける日々を過ごしているうちに、ヤマネコの心はどんどん荒んでいく。

今は攻撃魔法の使い手だけでなく、自分よりも優れている魔法使い全てが憎い。

『ホルダール王国の攻撃魔法優先主義を打ち破って、全ての魔法使いに平等な扱いを』という以前の志は消えている。

盗んで逃げる。その繰り返し。

山の中を移動し続け、ヤマネコは人に見とがめられることなく国境を越えた。ヤマネコが入り込んだのは、ホルダール王国の北の国、レスター王国である。

レスター王国に入ってもなお北上し、ついに王都にたどり着いた。にぎやかで美しい王都を歩きながら、道を歩いている人の懐から金を盗み、店先の食べ物をくすねる。油断のない鋭い目つきと身のこなしは、すっかり犯罪者の雰囲気だ。

盗んだリンゴを齧《かじ》りながら大通りを歩いていると、道行く人の会話が聞こえてきた。

「さっきのお店、見た？」

「見た。きれいで珍しい花があったわね」

「あの売り子、魔法使いなんですって。それも植物魔法の使い手らしいわよ。この国じゃ珍しいわよね」

「なるほどね。だからあんなにきれいな花がたくさん並んでいたのね。この季節に咲くはずのない花が、たくさん売られていたわ」

「いいわよねえ、魔法使い」

「魔法が使えるなんて、羨ましいわ。それに稼げそうじゃない？　冬でも咲く花なら、ちょっとぐらい値段が高くてもほしくなるもの」

聞き耳を立てていたヤマネコの目が暗く光る。

「ふうん。レスター王国にも魔法使いがいるんだ？　どんなやつか見てみようかな」

食べ終えたリンゴの芯を路上に投げ捨て、ヤマネコは『魔法使いの店』とやらを探すことにした。

店は市場の中ですぐ見つかった。品定めをしている客で混雑する鉢植えの店だ。店先では十代の男の子が店番をしている。

「あの少年が魔法使いってことかしらね」

ヤマネコは少し離れた場所から、客が途切れるのをじっと待った。近くで聞き耳を立てていると、店を覗いている若い女性客がヒソヒソと少年を品定めしている。

「魔法使いだって聞いたけど、辛気臭いわね」

「見た目が地味よね」

どうやらその声は少年に届いているらしく、少年はチラリと声のほうを見たが、すぐに視線を逸らした。

「ふうん」

ヤマネコがにやりと笑った。

一時間以上も待っただろうか、店内の客がいなくなった。

素早く若者に近づき、ヤマネコは笑顔で話しかけた。

「こんにちは。きれいなお花がたくさんあるのね。お兄さん、魔法使いなんだって？」

「はい。祖父から魔法の能力を受け継ぎました。祖父はホルダール王国から移住してきた魔法使いなんです。父は魔法が使えないんですけど、孫の僕が受け継いだんですよ。どれかお気に召した花、ありますか？」

若者は濃い灰色の髪、同じ色の瞳の持ち主で、少しだけ前歯が大きい。

「どれもきれい。よほど植物魔法に秀でているみたいね」

「ありがとうございます。でも、僕なんてまだまだです」

「そんなことないわ。十分素晴らしいわよ。私も魔法使いなんだけど、力が弱くて。こんなふうに商売を繁盛させることも、誰かに喜ばれることもないから羨ましいわ」

「僕はもっと植物魔法の腕を上げたいんですけど、教えてくれる人もいませんしね」

「そうだ、お兄さん、それなら市場で売ろうと思って持ってきた本があるの。あなたにあげるわよ。はい、これ」

「ずいぶん古い本ですね。これはとてももらえませんよ。これ、売ったらいい値段がつきそうだもの」

「いいのよ。この本だってお兄さんみたいな優秀な魔法使いに読んでほしいと思うわ。私じゃ宝の持ち腐れなの。魔力が足りなくて使えないのよ。さ、どうぞ。植物魔法と、この本に書いてある魔法は相性がいいはずよ。きっと想像もしないような面白い使い方ができると思う」

「そうですか……。いいんですか？　では遠慮なくいただきます。僕はドルーといいます。お客さんは？」

「私はヤマネコ」

「ヤマネコさん……ですか。あれ？　ところどころページが切り取られてますけど」

ドルーは羊皮紙が何ヶ所かまとめて切り取られているのに気づき、ざっとその前後の文章を読んでみる。

「切り取られているページに、何が書いてあったのかな」

「たぶん、なくても魔法を使うぶんには問題ないから切り取ったんじゃないの？　そもそもその魔法はね、わざわざ解除しなくても、二、三時間もしたら勝手に魔法が解けるらしいわよ。だから安心して使って」

「そうなんですか。本当にいただいていいんですか？　僕は嬉しいですけど」

「いいからあげるのよ」

「では遠慮なくいただきます。ありがとうございます。大切にしますね」

「ええ、あなたがこの本の内容を自由自在に使いこなせる日を、楽しみにしているわ」


ヤマネコはドルーの店を離れ、雑踏の中に紛れ込んだ。

「身体変化《しんたいへんげ》魔法は高い魔力を必要とする魔法だもの、悔しいけれど私じゃ使えないのよ。もちろん切り取られたページは重要だけどね。魔法は勝手に解けたりはしないもの。ふふふ」

ヤマネコはそれを承知で解き方のページを全部切り取ってから渡したのだ。

「自分で努力したわけでもないのに、魔法の恩恵を受けてきたんでしょ？　恩恵を受けた分だけ苦しめばいい。ああ、本当に楽しみだこと」

ヤマネコは、すれ違う人の懐から金の入っている革袋を盗み、露店で売られているパンをくすねながら歩く。

彼女はやがて、細い路地の中へと姿を消した。

　一方、高価そうな魔法書を受け取ったドルーは、大切に本を持ち帰った。本をめくりながら、ヤマネコのことを思い出す。

「あの人、性格がきつそうに見えたけど、いい人だったな。こんな高価そうな本をぽんとくれるなんて、なかなかできないことだよ」

　ドルーはその日の夜からさっそく本を読み、魔法の発動方法を試すことにした。

「おっ。植物に身体変化魔法を組み込むと、『花が咲いたら魔法が発動する』なんてことができるのか。僕にぴったりの魔法じゃないか。そうだ！　いつも僕のことを『もてなさそうな顔』とか『辛気臭い顔』とか言ってくるあの人に格安で売りつけようかな。自宅に飾ってくださいねって言って渡せばいいか。生まれ持った顔は自分じゃどうすることもできないのに、しつこくからかわれるのはもう、うんざりだよ」

　ドルーは会うたびに意地悪なことを言ってくるその客が苦手だった。だが、憎んでいるわけでもない。心根の優しいドルーにとって、それはほんの出来心、冗談のつもりだった。

「あの人も、見た目が変わってみればいい。少しの間、嫌な思いをしてみればいいんだ。ま、そもそもそう簡単に身体変化魔法を使いこなせるわけがないけどね」

第一章 ★ ヴィクターの災難

私とヴィクターはホルダール王国を逃げ出して、北の隣国であるレスター王国を移動中だった。

季節は冬の初め。空気は冷たく、日差しは弱い。

「ヴィクター、レスター王国はさすが北の大国と呼ばれるだけはあるわね。道が整備されているし、建物も立派。それに王都全体の雰囲気が華やかだわ」

「そうだな。街を歩いている人の顔が明るい。政治が上手くいっているんだろうな」

馬車に乗って国境を越えてから二週間。私たちは今日、レスター王国の王都に着いたところだ。

市場を見つけたので、さっそく見て回ることにした。馬車を指定されている場所に置いて、二人で市場を歩く。


「お花はいかがですか。白、赤、ピンク、どれも大銅貨一枚です」

「鉢植えはいかがですか。出窓に飾るのにぴったりですよ」

「玄関脇に糸杉の鉢植えはいかがですか」

市場を歩いていると、花屋さんが何軒もあるのに気づく。

「鉢植えを売るお店が多いのね」

「レスター王国は冬が長くて厳しいからね。冬の間は室内に植物を置いて眺めたいのかもしれないな」

「冬なのに、たくさんの花が売られているのね。どうやって育てているのかしら」

「温室で暖房しながら育てているんじゃないかな。この国は魔法使いがほとんどいないはずだから、魔法は使っていないと思う」

「ヴィクターはこの国のことに詳しいの？」

「そこそこ。隣国のことだから。ひと通りのことなら知っているよ」

私とヴィクターは結構長い時間、のんびりと市場を歩き続けている。どこへ行ってもまず市場を隅から隅までじっくり見るのは、私たちのお約束だ。

「この街は見れば見るほど美しいわね。建物の色や形も統一されていて、まるで絵本の中にいるみたい」

「ああ、たしかに」

建物の屋根はどの家も深みのある赤い屋根瓦、壁はアイボリーホワイト。小さめの窓が並んでいる。王都の街並みは、子供のころに読んだおとぎ話の世界にそっくりだ。


ヴィクターとおしゃべりしながら歩いていたら、通りに面したお店から、美味しそうな匂いが漂ってきた。

（食べたい）

そう思ってヴィクターを見ると、「入ろうか」と誘ってくれる。最近の私たちは以心伝心だ。

「ホルダールにいたころは、その日その日を生きるのに精いっぱいだったけど、この国に来てからは、少し心の余裕ができたわね」

「そうだな。それにハルが楽しそうで俺も嬉しいよ」

ヴィクターが笑顔で私を見下ろしながら、そんなことを言う。

「そう？　私はいつも楽しいよ」

「それならよかった。俺はハルの笑顔を見られるのが楽しい」

結構長いこと一緒に暮らしているけど、こんなことを言われたら嬉しいけど恥ずかしい。頬が熱くなる。思わず下を向くと、ヴィクターが優しく頭を撫でてくれる。

屋台の椅子に座ると、店主が威勢よく声をかけてくれた。

「いらっしゃい」

「いい匂いですね。二人分お願いします」

「はいよっ！」

五十代と思われる恰幅のいい男性が、手早く器に煮込みをよそい、その器とパンを一緒に手渡してくれた。

（どうやって食べるのかしら？）と他のお客さんたちを見ると、みんな、パンを煮込みに浸しながら食べている。さっそく私たちも真似をした。

濃厚なシチューのような料理に入っているのは、たぶん鹿の肉。赤身の肉がしっかり煮込まれていて、口の中でほろりと崩れる。野菜もとろける直前。香辛料が効いていて、濃い目の味は食欲を刺激される。

「美味しい！」

「こうしてパンと煮込みを一緒に食べると、いっそう旨いな」

　私は少しずつ味わいながら煮込みを口に運び、ヴィクターは大きな口を開けて勢いよく料理を食べていく。気持ちのいい食べっぷりだ。何度も「美味しい」「旨いな」と言い合いながら食べた。

　私たちのホルダール語のやり取りを聞いていた屋台のご主人が話しかけてきた。

「お客さん、遠くからいらしたんですか？」

（どうする？）とヴィクターを見ると、すぐにヴィクターが流暢なレスター語で返事をしてくれる。

「俺たちはあちこちを旅してきたんです。王都には最近入ったばかりです」

「お二人さんは夫婦なのかな？」

「ええ。最近結婚したばかりです」

「この国はいいところだよ。楽しんでいってください」

「ありがとうございます」

　私たちはホルダール王国の大災害を防いだ後で、夫婦として暮らし始めた。結婚の手続きはまだしていない。私たちの居場所がばれそうなことをわざわざすることはない、と二人で話し合って決めた。

私は聖女として召喚されたときの魔法の恩恵にあずかり、言葉や文字の不自由が全くない。ホルダール語もレスター語も自由自在という、とても便利な能力をもらっている。大変にありがたい。

屋台の煮込みを美味しく食べて、今夜の宿を探しながら、ふと疑問に思ったことを聞いてみた。

「ヴィクターはこの国の言葉に堪能なのね」

「まあね。言語に関しても俺は天才だからね」

「……聞かなきゃよかった」

「なんでだよ」

ヴィクターの辞書には「謙遜」という言葉がないことを、久しぶりに思い出して笑ってしまう。

今夜の宿を探して歩き回り、「ここがいいんじゃない？」と私が選んだのは、『ヒグマ亭』という名前のホテル。看板には立ち上がっている強そうな熊の絵が描かれている。受付には金髪のかわいらしい女性がいた。

「いらっしゃいませ。ヒグマ亭にようこそ」

「二人ですが、部屋はありますか？」

「はい、ございます。一泊朝食のみの料金はこちら、夕食もつけるとこちらの料金になります」

笑顔で料金表を渡され、ヴィクターと相談して、今日は夕食つきのほうをお願いすることにした。

「お部屋は三階の三〇二号室です。今、ご案内いたしますね」


階段を上っていくと、踊り場におしゃれな花台がある。その上には鉢植えが置かれていた。

「鉢植えに大きなつぼみがついてますね。見たことがない品種だわ」

「俺も見たことがないな。こんなに大きなつぼみをつける品種、なんだろう」

「あら。天才を自称するヴィクターでも、知らないことがあるのね？」

私がからかうように言うと、ヴィクターが口を尖らせる。

「俺は天才魔法使いだけどさ。全てを知っているわけじゃないさ」

「ふふふ。そうですか。あの、これはなんていうお花ですか？」

案内をしてくれている受付嬢に尋ねると、その女性が困った顔になった。

「申し訳ありません、私は新種だということしかわかりません。魔法使いが育てているので、珍しい花が咲くのだそうです。この花は私も初めて手に入れました。きれいな花が咲いて、香りも素晴らしいのだそうで、私も楽しみなんですよ」

「まあ。それは私も楽しみです」

「人気のお店なので、手に入れるのもなかなか難しいのです。私は頻繁にお花を買いに行くので、特別に売ってくれたみたいです。支配人が『あの店の新種を手に入れられたのか』って驚いていたので、家ではなくホテルに置くことにしました」

「まあ、そんなに貴重なものなんですね。そんな花を見られて幸運でした」

「喜んでいただけてよかったです。お客様のお部屋はこちらです。どうぞごゆっくり」

案内された部屋はすっきりした内装で、清潔な感じ。窓辺には可愛いパンジーみたいな鉢植え。この国の人は本当に植物が好きらしい。

「ハル、疲れただろう。今夜はゆっくり休もう」

「ええ、そうしましょう」

私たちは夕食までのんびり過ごし、ホテルの夕食をもりもり食べ、早めにベッドに入った。

「おやすみ、ヴィクター」

「おやすみハル。明日はじっくり王都を見て回ろう。気に入った貸し家があったら、借りて住んでみようよ」

「ええ。いい家が見つかるといいわね」

それが騒動の前に、ヴィクターと交わした最後の会話だ。

◇◇◇

翌朝、目が覚めたらベッドにヴィクターがいなかった。

「あら、散歩かしら。早朝に散歩なんて行ったことないのに。珍しいわね」

そのうち帰って来るだろうと思いながら待った。

ところがヴィクターはなかなか帰って来ない。ホテルの受付の人に「夫をみかけませんでしたか」と尋ねようと下りて行ったら、カウンターに誰もいない。

「すみません！　どなたかいらっしゃいませんか？」

カウンター奥の従業員用の部屋に声をかけたけれど、誰も出てこない。

「どういうこと？」

仕方なく一人で食堂に行くと、そこにも人がいない。このホテルは朝食付きのはずなのに、朝食が用意されていない。それも変だけれど、それ以上に変なのは、朝食に指定された時間なのに、他の部屋の宿泊客が一人もいないことだ。

昨夜はそれなりに泊まっている人の気配がしていたのに、誰も朝食を食べに来ないなんてことがあるだろうか。


ホラー映画にこんなのがあったわよね、と苦笑したが、だんだん苦笑すらできなくなった。

「ええと、何が起きているの……？」

シンと静まり返ったホテルの食堂に、私の声が響く。

そこで厨房のほうからドアが開く音がして、やっと人間の声が聞こえた。

「おはようございます！　ミッジ野菜店です。野菜をお届けに参りました！　あれ？　誰もいないのかな」

「あの！　すみません！」

思わず厨房に駆け込んだ。使用人用の出入り口のところに若者がいて、エプロンの胸には『ミツジ野菜店』と刺繍がしてある。朝は忙しいのだろう、若者は野菜を置いて帰ろうとしている。

「待って、まだ帰らないで」

「はい？」

「今朝起きたら、ホテルの人が誰もいないんです」

「ええ？　そんなわけは……あっ！　ネズミがいる！」

「やだっ！　どこ？」

振り返ったら、ネズミがいた。厨房の隅に二匹。

「ああ、嫌だ。このホテル、清潔そうに見えたのに」

「僕は長年このホテルに野菜を届けに通ってきていますけど、ネズミを見たのは初めてですよ」

ミツジ野菜店の若者と二人で困惑していたら、続々とホテルの人たちが出勤してきた。客の私が厨房に入り込んでいるのをみんなが不審そうに見る。

入ってきた人たちに「お客様、なぜ厨房にいらっしゃるので？」と尋ねられ、私も「あなたは？」と尋ね返す。

入ってきたのは支配人、料理長、掃除係の女性、カウンター業務の男性だった。

「ホテルの中に人の気配がしないんです」

私がそう告げると騒ぎになった。支配人の男性は受付を覗き、ロビーや外の様子を見て回り、少し慌てている。

「お客様、誰もいないのは、いつからでしょうか」

「わからないわ。目が覚めたら夫が見当たらないから、夫がホテルを出たかどうか聞こうとしたら、カウンターに誰もいなかったの。朝食の用意もできていないんです」

「そんなはずは」

そう言っている間にも従業員の男性や女性が当直の仲間を捜しに行ったが、誰もいないと言いながら戻ってくる。

「大変失礼いたしました。必ず二人は夜勤の従業員がいるはずですし、朝食を作る料理人も夜明け前に出勤しているはずなんですが。いったいこれは……」

「ホテルの人だけじゃないんです。他の宿泊客も誰も食堂に下りてこないんですよ」

そこから本格的な騒ぎになった。支配人が各階の部屋をノックしても、どの部屋からも返事がないという。

ホテル側が建物の中をくまなく捜した結果、ヴィクターを含めた宿泊客十六名と、当直の従業員二人、料理人一人の、合計十九人が消えていることがわかった。

そんな騒ぎの最中にもかかわらず、料理長は粛々と私の朝食を作っている。「そんな場合じゃないからいいです」と言ったけれど「これが私の仕事ですので」と言って譲らない。

料理長のおかげで、しっかりした朝食が提供された。私の好きなソーセージ、私の好きな貝のポタージュ。けれど全く味わう気分じゃない。

ヴィクターだけでなく、従業員と宿泊客の全員がいなくなるなんて。そして私だけが残されるなんて。いったい何が起きて、ヴィクターたちはどこへ行ったの？

ホテル側が警備隊に通報し、二人の警備隊員がかけつけてきた。

「客の荷物は荒らされていませんね」

「そのうち帰ってくるかもしれないから、少し様子を見るように」

そう言っている警備隊員と私たちの近くに二匹のネズミが現れた。思わずビクッとしてしまう。私はネズミが苦手だ。子供のころ、一人で留守番をしていたときに怖い経験をしている。

台所でネズミと鉢合わせしたのだが、ネズミは私を見てもたいして怖がらず、堂々と台所に置いてあった私のおやつのパンを抱えて逃げていった。妙に人間くさい動作も、私を怖がらない堂堂としている様子も、不気味だった。それ以来、私はネズミが苦手だし怖い。

「うわ、ネズミだ」

「支配人、駆除業者を呼ぶべきでは？」

「はい。そういたします。すぐに業者を手配しますので」

恐縮している支配人に「それがいい」と言って、警備隊の人たちは簡単な捜査だけで帰ってしまった。

（もう帰ってしまうの？　まだ誰も見つかっていないのに）

私は、時間がたてばたつほど不安が募ってきた。

「部屋で待っていてもらちが明かないわね」

いてもたってもいられなくなり、今度はホテルから少し遠いところまで捜しに出た。けれど見つからない。ホテルの部屋に戻り、お昼まで待ってもヴィクターは帰って来なかった。

ふと見たら、部屋の隅にネズミがいた。

「うわ、ネズミ！　だめ！　出てお行き。お前はここにいたらだめ！」

私は枕を振り回してネズミを追いかけ、ドアから追い出した。ヴィクターに出てきてほしいのにネズミが出て来るなんて、泣き面に蜂。

どっと疲れてソファーに座る。そして今、私は大変なことに気がついた。

ヴィクターは使役鳥が使える。どこにいたって私に連絡を取れるはずではないか。それなのに、なぜ連絡をとってこないのか。

「大変。きっと魔法を使うこともできない状態なんだわ。どうしよう」

しばらく考えて、思い出した。

「そうだ。クロがいるじゃない。クロに頼めば見つけてくれるわよ。クロ、いる？」

クロはホルダール王国で出会って、私がうっかり従魔にしてしまった魔物。主の私が呼べば、いつでも近くに姿を現してくれる可愛い子だ。

「なぁーん」

クロは言葉を話せないが、私の言っていることを理解できるし、私もクロが言っていることは理解できる。可愛い上に役に立つのだ。

「ヴィクターがどこにいるか、わかる？」

「にゃんにゃっ」

「わからないの？　なんで？　私が前に監禁されたときは、ちゃんとヴィクターを呼んできてくれたじゃないの」

「にゃんにゃっ」

「本当にヴィクターを見つけられないの？」

「にゃ」

頼みの綱のクロが使えない。がっくりと気落ちして、私はベッドに横になった。

知り合いが一人もいないこの国で、魔法と言えば治癒魔法と魔法を消すだけの私に何ができるだろうか。

「どうすればいいの、ヴィクター。いったいあなたはどうしたっていうの」

「にゃんにゃっ」

クロは私を心配してくれているらしい。私にぴったり寄り添って、すりすりと頭を私の足にこすりつけてくる。

「ありがとう。一緒に心配してくれて。ヴィクターが早く見つかるといいわね」

ジリジリしているうちに午後三時になり、もう一度ヴィクターを捜そうという気力が出た。

（そうよ、弱気になるの、早過ぎたわよ。もう一度捜してみよう。諦める前にやれることを全部やってみなくては）

広い王都のどこから捜せばいいのかわからないけれど、部屋でじっとしているよりは外を捜したほうが、まだ気が紛れる。


「まずは人が集まっている市場に行ってみよう」

きょろきょろしながら市場を歩き、ヴィクターを捜す。私が言うのは気が引けるけれど、ヴィクターはイケメンだ。その上、背も高い。人混みの中でも目立つし、振り返られることもしばしばだ。人の目にとまることも多いはず。なのに見たという人が全くいない。

（もしかしたら、ヴィクターはどこにも出かけてないんじゃないの?）

そのうち、そう思えてきた。けれど、ホテルの中にいるのだとしたら、こんなに捜しても見つからないのはおかしい。

それに、ホテルの宿泊客や従業員まで姿を消しているのだ。やはり何かあったのだろう。でも、それがなんなのか想像がつかない。

「一度ホテルに戻ってみよう。もしかしたら行き違いになって、ヴィクターはもう戻っているかもしれない」

わずかな希望をもって引き返そうとしたときだ。

鉢植えを売っている市場の店に、たくさんの人だかりが目についた。そこから会話が聞こえてくる。

「きれいねえ」

「このお店のお花は、他のお店とは少し違うのよね」

「丈夫だし色がきれいだし」

「やっぱり魔法使いが育てると違うのね」

どうやら人気のお花屋さんらしい。

この王都にたどり着いてすぐ、「天才でもわからないことがあるのね」とヴィクターをからかって、彼が口を尖らせていたことを思い出した。あのときの楽しい気持ちを思い出しながら花屋さんを覗いた。


店内を見ると、葉っぱは私が知っているチューリップやバラ、ヒヤシンス、アマリリスにそっくりだけれど、咲いている花は、少しずつ私が知っている花とは色や形が違う。真っ黒なヒヤシンスなんて初めて見た。真っ青なバラもある。

バラはミニバラがメインで、茎や葉っぱはミニバラサイズなのに花が大きい。

もうすぐ真冬になろうという時期なのに、春や夏の花が咲いている。

目が覚めたときからずっと、胸が塞がるような暗い気分だったけれど、花を見ていたら少し落ち着いた。私が落ち込んでも何の役にも立たないのだ。しっかりしなきゃ。

人だかりが減ったところで、店番の少年と目が合った。笑顔で会釈され、店番の少年に話しかけた。

「手前にある鉢植えは、全部つぼみなのね。どんな花が咲くんですか？」

「えっと……これはピンクの大きな花が咲きますし、こっちは白くて小さな花がびっしり集まって咲きます。これは青い繊細な感じの花ですね」

「あ、この大きなつぼみのついている鉢植え、ホテルにもあったわ。そういえば咲いたのかしら。ちゃんと見てなかった」

少年の顔が少しギクッとしたように見えた。

「お客さん、ホテルに滞在中ですか。どのホテルに泊まっているんですか？」

「ヒグマ亭よ。今朝起きたら、私の夫も他の宿泊客も、従業員もみんな消えていて、今、大騒ぎなの。私も夫を捜しに市場に来たの。見ていないかな、長い茶色の髪の背の高い男の人なんだけど」

「お客さんの旦那さんとホテルの宿泊客が消えたんですか？　従業員まで？　あの、ヒグマ亭で、この鉢植えを見たんですか？」

少年が指さしたのは、大きなつぼみをつけた鉢植え。

「見たわ。これはたしか、階段の踊り場に置いてあった。え？　どうしたの？　ちょっと、お兄さん、どうしたのよ」

少年が頭を抱えてうずくまった。

「え？　お兄さん、どうしたの？」

慌てて近寄って背中に手を当てたら、背中が震えている。

「なに？　何か失敗でもしたの？　その鉢植えは、ホテルに置いてはいけないものだったの？」

少年はがたがた震えながら「どうしよう、どうしよう」と繰り返すばかり。

「まさかと思うけど、あなた、ホテルの人たちが姿を消したことと関係しているんじゃないでしょうね？」

思わず語気強く聞いてしまった私に、少年は蚊の鳴くような声で返事をした。

「僕、まさかあの鉢植えがホテルの踊り場に置かれるなんて思わなかったんです。だってあの人は家に飾るって言っていたのに。僕はちょっとした悪ふざけのつもりだったんです」

「もしかして、本当に鉢植えが関係しているの？」

「ああ、どうしよう」

少年は青ざめて、冷や汗をかき始めた。

「あなた、いったい何をしたの？」

私はたぶん、すごく怖い顔をしていたんだと思う。声も、自分でもびっくりするぐらい低い声が出た。

「鉢植えの花から魔法が発動するように育てたんです。でも、本当にちょっとした悪ふざけのつもりだったし、まさか本当に僕の魔法が成功するとは思わなくて。いや、僕の魔法が成功したんじゃないかも。ただの偶然かも。そうだ、ただの偶然だ。あんな魔法が本当に発動するはずがない」

なるほど。この国のことをよく知っていそうなヴィクターが、あの花のことを知らないはずだ。踊り場にあったのは魔法を使って育てた特別な花だったのか。

もしかして、ヴィクターと宿泊客とホテルの従業員たちは、この少年の『ちょっとした悪ふざけのつもりの魔法』に巻き込まれたのだろうか。

まさかの展開に、私は急に真剣になった。

少年はとても慌てていて、怯えているようにさえ見える。顔色も悪い。この少年が魔法をかけた花のせいなのだろうけど、少年のあまりに動転している様子を見ていたら、私は逆に落ち着いた。

ここまで怯えているということは、予想外のできごとだったのかもしれない。

待って。魔法に関することなら、『魔法は使えないけど魔法を消せる』私の出番なのかも。天才魔法使いのヴィクターの魔法さえ消してしまう私ではないか。私なら、この少年がかけた魔法を消せるかもしれない。

私は少年に逃げられないように、その腕をがっちりつかんだ。

「あなた、名前は？」

「ぼ、僕はドルーと言います。あの、警備隊に僕を突き出したりしませんよね？　お願いです、それだけはやめてください。ホテルの件が僕のせいと決まったわけじゃないんですし」

「あなたのせいなのか違うのか、警備隊で詳しく話を聞いてもらっても私はかまわないけど？」

「やめてください！　うちは母親と僕だけで、もし僕が何日も取り調べを受けて帰れなかったら、身体が弱い母さんは、飢え死にしてしまいます！」

「何日も取り調べられるかどうかは、あなたが何をしたかによるわよ。あなた、魔法使いなのね？　警備隊に突き出すかどうかは、あなた次第ね。さあ、聞かせてもらおうじゃないの。あなた、魔法で私の夫に何をしたの？　ちょっとホテルまでいらっしゃい！　支配人さんたちの前で説明してもらうわ。宿泊客も従業員も消えて、大変なことになっているんだから」

私の形相が怖かったのか、またはホテルに連れて行かれるのが怖かったのか、ドルーは私の手を振り払って逃げ出した。

「あっ！　こらっ！　待ちなさい！」

通りを歩いている人たちが何事かと驚いて見ているけれど、かまうものか。私はヴィクターの行方を捜し出さなきゃならないんだから！

私は足首まである長いスカートの裾を翻しながら、ドルーを追いかけている。逃がすものか。いっそドルーが路地にでも入り込んでくれたらいい。そうしたら……。

そう願っていたら、ドルーが人のいない路地へと逃げ込んだ。よし！

「クロ！　出ておいで！」

「にゃあん」

「あの人を捕まえて！」

「にゃん」

空中に現れたクロは、「あの人」と言っただけでドルーのことだと理解してくれた。クロはパタパタと黒い半透明の羽を羽ばたかせ、スーッと飛んでいく。そして走っていくドルーに追いつき、いきなり腕に噛みついた。

「痛い！　痛い！　うわあっ！　魔物だ！　誰か助けて！」

ドルーが必死の形相でクロを振りほどこうとして腕を振り回す。けれど、クロは余裕の様子で腕に噛みついて離れない。さらに、噛みついたままドルーをちょっとだけ持ち上げている。すごいねクロ。人間を持ち上げられるんだ？

「助けてください！　殺される！」

「逃げるからよ」

あちこちの窓が一瞬だけ開いて、住人が顔を出した。

だが王都のど真ん中で猫型の魔物と、魔物に噛みつかれて持ち上げられている少年と、見慣れない黒髪の女を見たとたん、全員が大急ぎで窓を閉めてカーテンも閉めた。

きっと「魔女と魔物に襲われる気の毒な少年を見た」と思っているに違いない。

「逃げないと約束するのなら、魔物から解放してあげてもいいわ」

「逃げません！　お願いです！　助けてください！　痛い！」

「クロ、その人を下ろしていいわ」

「にゃ」

クロが口を開けて鳴いた瞬間に、ドルーがドシャッと地面に落ちた。

「次に逃げたら、今度はクロの餌にするわよ」

「ひいっ！　おた、お助けっ」

◇◇◇

私とドルーは今、王都のレストランの隅の席にいる。ホテルまではだいぶ距離がある。またドルーに逃げられては面倒だから、手近な店に入って話を聞くことにした。

「で？　あなたはいったい何をしたの？　私にわかるように、正確に、順番に、わかりやすく説明して。ちょっとでも嘘をついたりごまかしたりしたら、さっきの黒いのがここに現れるからね」

ドルーはよほどクロが恐ろしかったらしい。怯えた表情で空中を見上げたり周囲に視線を向けたりしながら説明し始めた。

「最初から正直に説明します。だから魔物はお許しください！」

「聞きましょう。正直にね。詳しくね」

「はい。僕、しばらく前に、いつも花を買ってくれるお客さんの女の子に、勇気を出して告白したんです。いつもお花を買ってくれてありがとうって。『どういたしまして』って言ってくれました」

ドルーはレストランの他のお客さんに聞かれたくないのだろう。声が小さい。

「僕は『突然ですけど、もしよかったら、僕とお付き合いしてくれませんか？』って言いました。そしたら……」

「その人はなんて？」

「その人は『はあ？　私が？　あなたと？　嫌よ。あんたみたいなネズミ顔の人となんて付き合えないわよ』って言って店を出て行きました」

私は思わず顔をしかめた。その言い方はあんまりだろう。

「でも、それはもういいんです。振られちゃったなと思って納得しました。でも、たまたまそれを見ていたらしいヒグマ亭の受付の女性が、繰り返し僕をからかったんです」

「それもずいぶん酷い話だけど、それで？」

「実は少し前に、知らない女の人から本をもらいました。『こんなに上手に植物魔法が使えるなら、この本に書いてある魔法も使えるはずだ』って言って本をくれたんです」

「知らない人がいきなり本をくれるなんて、おかしくない？」

「その人はヤマネコと名乗っていて、自分は魔法使いだと言っていました。魔力の量と種類の関係なのかな、その人はその本に書いてある魔法を使えないんだそうです。それで、僕なら使えそうだから、あげる、と言って……」

ヤマネコ？　魔法使い？　まさかあのヤマネコ？　今はホルダール王国の牢獄にいるはずなのに？　でも、世の中に自分をヤマネコと名乗って悪いことをする女がもう一人いるとも思えない。

「その本には、どんな魔法が書いてあったの？」

「その本の題は『身体変化魔法大全』で、五種類の魔法が書いてありました。そのうちの一つに『植物魔法と身体変化魔法を組み合わせて使うと、植物が咲いたときに近くにいる人間を動物に変身させることができる』って書いてあったんです。植物魔法使いの僕にぴったりだなと思って……それで、ちょっとした仕返しをしてやれと思いました」

私はゆっくり立ち上がり、ドルーの隣に立った。そして、私を見上げているドルーの両肩に手を置いて顔を近づけた。

「なんですって。動物に？」

私の脳裏に、今朝厨房で見たネズミが浮かんだ。私の部屋に現れたネズミのことも。

「ねえ、ドルー。あなた、何の動物に変身させようとしたのかしら？」

私の顔がよほど怖かったのだろう。ドルーは立ち上がり、私から逃れるように後ろに下がった。

そこで私は背後から声をかけられた。

「お客様？　どうなさいましたか？　店内でのもめ事は困ります」

温厚そうな男性の店員さんが近寄って来て、眉を下げた表情で立っている。気がついたら私は、店内にいるお客さん全員の注目を集めていた。

「すみません。お騒がせいたしました」

取り繕った笑顔で店内の客たちに向かってそう言うと、お客さんたちは全員、スッと私から目を逸らして見なかったことにしてくれた。


ドルーを座らせ、私も席に腰を下ろす。

「それで？　いったい何の動物に変身させる魔法を使ったの？」

「……ミです」

「聞こえない」

「……ミです」

「もう一回魔物に噛みつかせようか？」

「ネズミです」

「ネズミに変えたの？」

朝の厨房で見た二匹のネズミ。私の部屋に出たネズミ。やっぱりか！

「大変！　こうしちゃいられないわ」

私は二人分の代金をテーブルに置き、ドルーを引っ張って店を飛び出した。

ネズミなんて！　よりによってネズミだなんて！　早く魔法を解かないと人間や猫に殺されちゃうじゃないの！　支配人は駆除業者を呼ぶと言っていた。もう呼んでしまっただろうか。

「だめ。だめだめ！　お願い、間に合いますように！」

私に引っ張られながら、ドルーも走ってついてくる。

「ど、どこに行くんですか」

「ホテルよ！　早くしないと人間なのにネズミとして殺されちゃう人が出てくるでしょうが！」

「えええっ。そんな」

そんな、じゃないわ。なんでそれを考えなかったかな、この若者は。

ゼイゼイと息を切らしてホテルに走って戻り、カウンターの女性に尋ねる。

「ネズミの駆除業者、もう呼んでしまいましたか？」

「いえ、呼んでおりません。今はお客様を捜すのが先ですので」

「いなくなった人たちはまだ見つかっていないんですね？」

「まだです。まだ誰も見つかっていません」

「よかった。わかりました。ありがとうございます。この人は知り合いです。夫のことで相談に乗ってもらっています」

カウンターの女性に何か言われる前に予防線を張った。

「ど、どうしよう」

ドルーが小さく声をあげたが無視だ。一刻も早くその鉢植えをなんとかしなきゃ。そしてヴィクターや他の人たちを早く見つけ出して元に戻さなきゃ。

ドルーと二人で階段へ走る。踊り場に置いてある鉢植えをドルーに見せた。

「これ？　あなたが魔法をかけた鉢植えはこれなの？」

「そうです。あの人は、家に飾ると言ったんです。なのに、なんでこんな場所に……」

「上司に褒められたって言っていたわ。点数稼ぎでここに置いたのかもね」

「でも、ヤマネコって人は、二、三時間で元に戻るって言っていたのに！」

本当にその人物があのヤマネコなら、そんな可愛い話では済まないと思う。

「ねえ、ドルー。あなたはその人が嘘をついているとは思わなかったの？」

「僕に嘘をついて高価そうな魔法の本を渡す理由がないですよ！　だから信じたんです。どうしよう。僕、まさかこんなことになるとは……」

私は踊り場で苗を鉢から引っこ抜き、茎を引きちぎった。土と苗が床に散らばる。

「あっ。そんな」

「可哀そうなのはわかってる！　この苗には気の毒だけど、これがある限り、これからもネズミに変わる人が増えるかもしれないもの、このままにはしておけないでしょ？　それに、これが原因だと知られたら、犯人があなただと誰でも気づくわよ？　私はそのヤマネコを知っているの。

だけど他の人はあなたの話を聞いて、初めて会った人が高価そうな本をあなたにくれたなんて話、信じてくれると思う？」

「あっ」

ドルーが恐怖の表情を浮かべる。

私は三階の通路で仁王立ちをして叫んだ。

「ヴィクター！　ネズミになっていることはわかっているから！　出てきて！　今すぐ元に戻してあげるわ！」

待った。耳を澄ませながら何分も待った。

けれどヴィクターは出てこない。ネズミの鳴き声も聞こえない。私に部屋を追い出された後、ヴィクターはどこへ行っちゃったんだろう。私が部屋から追い出したばかりに、と自分を責めたくなるけれど、それは後だ。今はやるべきことがある。

「そうだ、他にもネズミに変えられた人がいるはず。そっちの魔法を解かなくちゃ」

私ならきっと、魔法を無効化できる。一階に駆け下りて、受付の人に声をかけた。

「今、ここにいる人の中で、一番偉い人を出してください」

◇　◇　◇

さっきまで警備隊の人に話を聞かれていた支配人が、疲れた様子で出てきた。

「警備隊は手の打ちようがないと言って帰りましたが、私はこれからどうしたらいいのでしょうか。こんな事態は初めてで」

深い憂いで支配人の顔色が悪い。

「支配人、実は私、この事態をなんとかできるかもしれません。私、魔法使いなんです。他のお客が消えた部屋に私を入らせてもらえないでしょうか。少しの時間だけでいいんです」

「お客様、ちょっとそれは」

「このままではこのホテルに不名誉な噂が立ちますよ？　宿泊客全員が一斉に失踪したホテルなんて噂、流されたくないでしょう？」

支配人の顔に動揺が見える。よし、もうひと押しだ。

「私の夫が姿を消しているんです。私は夫が見つかるまで引きません。できることは全て試したいんです」

「では、私が立ち会うことを条件に」

私の気迫が勝った。支配人が他の宿泊客の部屋に入ることを許してくれたのだ。

ドルーと支配人の三人で階段を上がる。後ろに女性従業員も興味津々でくっついてきたが、支配人に「仕事に戻りなさい」と叱られて戻って行った。

まずは二階の一室。

「この部屋に泊まっていた方のお名前は？」

「この部屋は、えええと、ガンドルフ様です。ガンドルフ・イード様」

ひとつうなずいて、私は部屋の中で声を張り上げた。

「ガンドルフ・イードさん、いらっしゃいますか？　私があなたにかけられた魔法を解いて差し上げます。出てきてください。決して危害は加えません」

支配人の困惑した顔はこの際気にしない。ドルーは怯えた表情だ。こっちはもっと気にしない。待つことしばし。やがてベッドの下からぽっちゃりしたネズミが顔を出した。

支配人とドルーがぎょっとした顔になる。

「ガンドルフ・イードさんですか？」

「キッ」

ぽっちゃりしたネズミが何度もコクコクとうなずく。その人間くさい仕草を見た支配人が、私の隣でヒュッと息を吸う。私だってこんな状況は恐ろしくてたまらないけれど、とにかく今は魔法を解かねば。

「ガンドルフさん、私が触れれば元の姿に戻れます。私を信じて触らせてください」

ネズミは私を見上げながら動かない。ああ、苦手なネズミと向かい合っているだけでぞわぞわするけれど、ここは我慢だ。

「大丈夫です。私を信じて」

ガンドルフネズミは迷っている様子。私はジリジリしながら待つ。なにせネズミから見たら、私は巨人だ。巨人の前に出るのも、触られるのも恐ろしいだろうことは想像がつく。

「他にもネズミになった方がいるのです。では、ガンドルフさんの勇気が出て、私を信じられるようになるまで時間を差し上げます。私は他の方のところに行きますね」

するとガンドルフネズミが慌ててベッドの下から出てきた。

私は床に膝をついて、ガンドルフネズミを怖がらせないよう、ゆっくりと手を近づけた。

「元の姿に戻れ」

声に出す出さないは関係ないとわかっている。でも、全力でそう願いながら、私はガンドルフネズミの頭に触れる。

最初は何の変化も起きず、(私の力が効かない?)とおなかが痛くなる。だが。

「うわっ」

「ええっ?」

ドルーと支配人が驚きの声と共に後ずさる。


ネズミの輪郭がゆるゆると溶けるようにぼやけ、次第にその姿がもやもやと大きくなっていく。最後にネズミは、肉付きのいい中年男性になった。そうだろうな、とは思っていたけれど、実際にネズミが人間に変わるとびっくりする。

本当に人間だったわ。身体変化魔法って怖い。変身させられたのが気持ちの悪い虫じゃなくてよかったわよ。気持ちの悪い虫なら、踏みつぶされるか、叩き殺されていたかもしれないもの。

ガンドルフさんは胸に手を当てて深い安堵のため息をつく。

「ああ、助かった！　とんでもない目に遭った。ありがとうございます。いったいなんでこんなことになったのやら。すみません、水を飲ませてもらいますよ」

ガンドルフさんは早口でそう言うと、立て続けに水差しの水を何杯も飲んでいる。

まずは一人解決。できることをさっさと片付けて、私はヴィクターを見つけて早く人間に戻してあげなくては。

「ガンドルフさん、私はこれで失礼します。まだネズミのままの人がいるはずなので」


支配人に鍵を開けてもらい、次々と宿泊客が消えた部屋に入る。私は宿泊客の名前を呼び、ネズミを捜し出し、次々と人間に戻した。

すぐに出てくるネズミもいれば、怖がって気配を消すネズミもいた。だけど最後に「では他のネズミのところに行きますね」と呼びかければ出てくる。誰だってネズミのままは嫌なのだ。

最初は『思い込みの激しい厄介な客』という目で見られたが、次第に支配人の私への対度が丁寧になっていく。最初は明らかに私の言葉を信じていない様子だったのに、今はもう、私が「次の部屋もお願いします」と言えば、すかさずドアの鍵を開けてくれる。言葉遣いも普段よりもいっそう丁寧になっている。

「支配人、次は厨房です」

「厨房……あっ！」

支配人が慌てて階段を駆け下りる。私も走る。支配人が従業員に声をかける。

「ネズミを殺していないだろうなっ！」

「はい？　ネズミは殺していませんが、支配人、どうしました？」

従業員がきょとんとしている。支配人は安堵の表情で息を吐き、私の顔を見る。ネズミが殺されていないと聞いて、私も心底ほっとした。

「お客様、お願いします」

私は厨房の低い位置に向かって声をかけた。

「ネズミに変えられた方、出てきてください。それは魔法のせいなんです。私が元に戻して差し上げます！」

支配人以外の人に、「はあ？」という顔で見られるが、そんなことはいい。

やがて二匹のネズミがオドオドした様子で姿を見せてくれた。よかった！

私はそのネズミたちも人間に戻した。一階のロビーで隠れていたネズミも人間に戻った。ドルーに意地悪を言い、鉢植えを踊り場に置いた、金髪のあの受付嬢だった。

これでヴィクターを除いた全員が人間に戻った。支配人が感謝の面持ちで私にお礼を言う。

「お客様、なんとお礼を言えばいいのか。本当にありがとうございました」

「いえ、いいんです。それより、夫がまだ見つからないのです。支配人、ネズミを見つけても、絶対に殺さないでくださいね？　他の従業員にもそう伝えてくださいね？」

「承知しました。それにしても、旦那様はどこへ行かれたのでしょうね」

「私が追い出したんです。まさか夫だとは思わず、枕でバサバサとネズミの夫を追いかけまわして、部屋から出してしまって」

「それは……」

支配人が気の毒そうな顔になった。

そうなのだ。私がヴィクターを部屋から追い出したことが最大の失敗だ。

他のネズミに変えられた人たちは、ドアを開けることができなかった。警備隊が入ってきたときは、巨人の警備隊員に怯えて姿を現さなかったのかもしれない。だから全員が部屋にいたのに、私はヴィクターを部屋から出してしまった。


「待っていれば、いずれ旦那さんも出てきますよ。すみませんが、私は警備隊にお客様が全員見つかったと報告しなくては。ちょっと行って参りますね」

警備隊に？　いや、警備隊に報告したら、なぜ人間がネズミになっていたのかを説明しなくてはならない。それに、私がネズミを人間に戻したことも知られてしまう。だめだめ。それは色々とまずい。

「待ってください！」

「はい？」

「どうか、人間がネズミに変えられていたことも、私が元に戻したことも、まだ警備隊には言わないでほしいんです」

「なぜです？」

「犯人を油断させておかないと、捕まえられなくなります。犯人が追われていることに気づく前に、魔法使いに対処できる人間が動かないと」

そうだ。私が動いてヤマネコを捕まえなくてはならない。ドルーがぎょっとしているので、急いで言葉を付け足した。

「この騒ぎを起こした犯人を捕まえたいのです。こんなことをしたその人は間違いなく魔法使いですもの。この国の警備隊では対応ができないはずです。どうか、『客たちは出かけていた。みんな無事に戻った』と、そう伝えてほしいのです。それに、客がネズミに変えられていたなんて言ったら、もう誰もこのホテルに泊まらなくなりますよ」

支配人はゆっくりうなずいた。

「ごもっともです。被害に遭われたお客様にも口止めをしなくては。失礼、私はこれからお客様の対応に回ります」

さっきまで上品な物腰だった支配人は、全速力で客の口止めに走って行く。

支配人はネズミに変えられた宿泊客を食堂に集め、何度も頭を下げてお願いをした。

「今回は皆様に大変なご迷惑をおかけしました。原因はまだわからないものの、皆様にくつろいでいただけなかったのは、当ホテルにとって残念でなりません。今回の宿泊料はいただきませんし、次回のご利用が半額になることを一筆したためてお渡しいたします」

なにごとかと険しい顔をしていた客たちは、支配人の言葉を聞いて一気に表情を緩める。

「ですので、どうか今回の件は口外しないでいただきたいのです」

ああ、そういうことかと客たちは理解した。「実害はなかったし、宿泊代金はなしになった。次回またここに泊まるかどうかは考えたいが、文句は言うまい」と客たちはヒソヒソと言い合った。

支配人は不満をぶつけられて大騒ぎになることもあり得ると考えていたので、胸を撫で下ろした。

「さあ皆様、お茶と菓子をお召し上がりください。もちろん当ホテルからのサービスでございます」

笑顔でそう言って支配人は食堂から退室した。客たちは茶菓を楽しみながら、不思議な経験をした者同士で話をした。

第二章★身体変化魔法

◇◇◇　ヴィクターサイド　◇◇◇

「あれ？　これはどういうことだ？」

目が覚めたら、部屋が巨大な空間になっている。

隣を見たら、大岩のような黒い塊がある。この世界では珍しい黒髪が生えているから、これはもしかしたらハルの頭だろうか。

「何が起きた？」

自分がしゃべるたびに、耳に聞こえてくるのはキィキィという鳴き声。

「は？」

今度は「キッ？」という高い声。それに、なぜかしゃべるたびに、視界に入っている黒くて長い線がふるふると震える。その黒い線を触ろうとしたら、濃い灰色の毛が生えた獣の腕が見える。

俺が腕を動かすと獣の腕も動く。これは俺の声で俺の腕？　俺、動物になってる？

そのとき、黒い大岩のような頭が動いた、巨大なハルが寝がえりを打ったのだ。ハルが腕を勢いよく横に置こうとしたので、俺は腕の下敷きになる前に慌ててベッドから飛び下りた。断崖絶壁みたいなベッドから床に飛び下りつつ、全てが大きく見える理由を理解した。

(俺、縮んでいるな)

まず落ち着こう。俺は床の壁際まで避難した。

寝起きの頭でもすぐに察しがついた。俺は誰かに身体変化魔法を使われたのだ。

身体変化魔法は、ホルダール王国では百年以上も前に禁止された魔法だ。魔法使いなら誰でも知っているし、誰でも一度は使ってみたいと思う憧れの魔法。

身体変化魔法が禁止された理由は、自分にかけても他人にかけても、必ず元に戻せるとは限らない不安定で危険な魔法だからだ。

身体変化魔法のことは知ってはいたが、俺はそれを使える魔法使いに会ったことがない。使える魔法使いの噂も聞いたことがない。少なくとも王城勤めの魔法使いにはいなかった。

『そういう魔法を記した本があった』という話を聞いたことがあるが、ホルダール王国の王城の禁書庫にも、その手の本はなかった。

まだ十代のころ、旺盛な知識欲に背中を押され、後に魔法師部隊の部隊長になるブレントに聞いたことがある。ブレントの答えは短かった。

『禁術の本はもう存在しない。百年前に全部燃やされた』

『一冊ぐらい誰かが家に隠しているってことはないですかね』

『ない』

それで会話は終わったが。

(こうして獣に変えられてしまった以上、やはり身体変化魔法の本を誰かが隠し持っていたんだな。それとも延々と密かに口伝えで受け継がれていた可能性もあるか)

とんでもないことになっているが、ワクワクもしている。この世から消えたはずの魔法を我が身で経験しているのだ。身体変化魔法を自分のものにする糸口を見つけたのではないか。

(かけられてしまったものは仕方がない。ま、ハルならこの魔法も消せるだろう。触ってもらえば元の姿に戻れるはずだ)

そう期待して待っていたのだが。ハルは最初俺の姿が目に入らず、俺の存在にやっと気づいてくれたと思ったら、枕を振り回して俺を追いかけた。

「うわ、ネズミ! だめ! 出てお行き。お前はここにいたらだめ!」

部屋中を追いかけまわされた挙句、最後は部屋の外に追い出されてしまった。

(ハルはネズミが大嫌いだったからなあ。まあ、そのうち俺がいないことに気づいて捜してくれるだろう。そのときになんとかしてこのネズミが俺だと気づいてもらわなくては)

そう諦めて廊下の隅に丸まって座る。座り込むと、嫌でも長くて毛の生えていない尻尾が目に入る。

(はあぁ。よりによってネズミかよ。せめて猫か犬なら人間に殺される可能性はだいぶ低くなる

のに。ああ、廊下は寒いなあ。毛皮があっても寒いよ。腹も減ったし）
朝の冷え切った廊下は冷たい。試しに魔法で火を出そうとしたが、これっぽっちも火を出せなかった。火魔法だけではない。水魔法も風魔法も土魔法も発動できない。
（どこで誰にこんな魔法をかけられたのかなぁ。レスター王国に禁術を使う魔法使いがいたとは想定外だ。くそっ。俺様としたことがぬかったな）

廊下の隅でぼんやりしながらハルが事態に気づくのを待っていたら、何か大きなものが近づく気配がした。嫌な予感に、ゆっくりと顔を上げる。運の悪いことに、目の前に猫がいた。このホテルの猫だろうか。巨大な猫は、クンクンと鼻を動かしながら俺を見ている。

（ええと、ここは逃げたほうがいいよな？）

猫を刺激しないようにゆっくりと姿勢を変えて、いつでも走り出せるように身構える。大きな茶色の猫が、金色の目をランランと光らせながら飛び出す構えになる。

（うわ。俺を捕まえる気満々だ）

顔をしかめてそうつぶやいたら、茶色の猫はお尻をぷりぷりと左右に振ってから飛びかかってきた。俺は素早くコロンと横に転がり、走り出す。

最初はうっかり二本足で走ったが「違うだろ！」と叫びながら四本の足で走った。

（おお、四本足で走るとこんなに速く走れるのか！）

振り返ると猫が猛烈な勢いで追いかけて来る。

（おい！　猫！　俺は人間だ！　ああ、猫にわかるわけないか。どうする！　どうする俺！）

一階まで階段を駆け下り、素早くロビーの飾り書棚の後ろに入り込んだ。猫は隙間に顔を押し付け、前足を伸ばして俺を捕まえようとしているが、捕まるものか。

俺は本棚の後ろの隙間の真ん中に腰を据えた。これからどうしたものかと作戦を練る。

やがて厨房のほうから声が聞こえてきた。

「すみませーん。肉の配達に参りましたぁ！　あれ？　誰もいないのか。じゃあ、いつもの場所に肉を置いていきますよ！」

今だ。

俺は厨房目指して本棚の後ろから飛び出し、追いかけてきた猫を振り切ってドアの外に飛び出した。猫は飛び出す前にドアを閉められた。いい気味だ。

だが安心したのも束の間。通りの向こう側に犬がいる。しかも、俺に気がついたらしい。犬が通りを横断して、俺に近づいて来る。

俺は石畳を全力で走って逃げた。逃げながら、入り込めそうな狭い場所を探す。だが、そう都合よく入り込めそうな建物の隙間なんて、どこにもない。

犬はまだ追いかけて来る。犬がとても楽しそうな様子なのが、全くもって腹立たしい。アイツは明らかに俺で遊んでいる。

（ええい！　これでどうだ！）

見知らぬ家の玄関前の石段を駆け上がり、木のドアに思いきり爪を立てて登った。

（おお！　ネズミの爪はすごいな！　垂直に登れるじゃないか！）

木のドアを一番上まで駆け上がり、ドア枠の上に座って、ざまあ見やがれと犬を見下ろした。

薄茶色の犬は興奮した様子で俺を見上げている。俺に届きそうもないのが悔しいのか、けたたましく吠え始めた。

（吠えろ吠えろ。好きなだけ吠えるがいい。お前がそこにいる限り、俺は下りないからな）


いきなりドアが開いた。

白髪のご婦人が玄関から出てきて、バンッ！　と勢いをつけてドアを閉める。振動が来ることを予想していなかった俺は、バランスを崩して頭から下の石の階段に落ち、頭を打った。

「うるさいね！　あっちにお行き！　しっ！　お行きったら！　全くもう。朝からなんだい、やかましい。あら？　嫌だねえ、ネズミじゃないか」

ご婦人が俺に向かってかがみ込む。俺をどうするつもりだ？　まさか踏み潰すつもりか？

（逃げなければ）

そう思うのに体が動かない。頭から落ちたせいで、目の前が暗くなってきた。踏み潰される。叩き殺されるかも。逃げなければ。そう焦りながら、俺は意識を失った。


（あれ？　これ、なんだ？　鳥かごか？）

意識を取り戻した俺は、華奢な鳥かごの中に入れられていた。

身動《みじろ》ぎしたら、ソファーに座っていたご婦人が近寄って来る。顔だけでも俺の倍以上はある巨人のように見えるが、実際は小柄な人かもしれない。ご婦人は鳥かごの中の俺を、老眼鏡越しにじっくり見てくる。

「よかったわ、目が覚めたのね、死んではいないとは思ったけど。鳥かごを捨てずにとっておいてよかったわ」

（俺を鳥かごに閉じ込めてどうするつもりだ？）

「お前は何を食べるの？　まあ、ネズミだからなんでも文句は言わないわよね。水とチーズを入れておいたから、とりあえずそれを食べてね」

「文句は言うよ！　あんた、なんでネズミを鳥かごに閉じ込めるんだ？　まさか俺を飼うつもりじゃないだろうな？　あんたネズミが好きなのか？」

俺の口からは「キイキイキイ」という忌々しい声しか出ない。

とは言え、今はネズミの体という不慣れな状態だ。しばらく静かにして様子をうかがうことにしよう。


やがてご婦人がうとうとし始めた。それを確認して、俺は逃げ出すために鳥かごの扉を開けようと苦心する。しかし。

（はぁぁ。なんだよ。かごの出入り口がご丁寧に三ヶ所も洗濯バサミで固定されているじゃない

か）

洗濯バサミのつまみには手が届かないし、挟んでいる頭の部分を広げるには力が足りない。何度も挑戦したが、扉を開けることは無理そうだ。

次に、両手で鳥かごの針金を押し広げようとした。

しかし残念ながら、非力なネズミの力では針金を広げられそうにない。

（参ったなあ。今ごろ、ハルは俺のことを心配しているだろうに）

独り言をつぶやくたびに自分の口からキィキィ声が出てくるのが腹立たしい。

それにしても腹が減った。チーズだけでも食べておくか。たしかハルはこういうとき、『腹が減っては戦ができぬ』と言っていた。確かにその通りだ。

チーズは塩辛くて、これだけで腹を満たすのはつらいものがある。だが、せっせと食べてせっせと水を飲んだ。昼もチーズと水、夜もチーズと水。ハルが作る料理をこれほど恋しいと思ったことはない。

（ハルが作った煮込みが食べたいなあ。スープでもいい。食べ飽きたと思っていたけど、おかゆも恋しい。ハルが作ったものなら焼いただけの焼肉だって最高に旨いんだよなあ）

ご婦人は一人暮らしらしく、夜になっても誰も帰って来ない。

「ネズミさん、ずいぶん大人しいのね。私はそろそろ寝るけれど、夜中に騒いだり暴れたりしないでちょうだいね。じゃ、おやすみ」

そう言っていたのに、ご婦人は俺を閉じ込めた鳥かごを寝室へと運び入れた。しかもベッドから目の届く床に置くではないか。

（なぜだ！　ネズミは夜行性だろうが。安眠したいのなら、なんで俺を寝室に持ち込むんだ！あのまま居間に置いておいてくれたら、鳥かごを倒して転がして、なんとしてでも脱走するのに！）

ご婦人は俺を飼うつもりだろうか。小鳥の次はネズミ？　くそっ！　長期戦になるなら、体力を温存しなければ。

こうして俺の鳥かご生活が始まった。

鳥かご生活が一週間ぐらい過ぎただろうか。

ご婦人は俺を解放するつもりが全くないらしい。心をしっかりさせていないと、ハルのことが心配で頭がおかしくなりそうだ。

このまま気力と体力を失えば、逃げるべきときに逃げられない。俺は眠れるときは眠るように心がけた。食べて寝る。それの繰り返し。

八日目の夜、事件が起きた。

夜になり、いつものように鳥かごに入れられたまま寝室に運ばれる。そのうち、嗅ぎ慣れない匂いがしてきた。

「ずいぶん強い香りがするな。花、かな」

どこからだ？　と見回したら、出窓の内側に鉢植えが置いてある。ホテルの踊り場に置いてあったのと同じ種類の花だ。

（ああ、この家も窓の外に飾る花を育てているのか）と納得して、今夜も鳥かごの入り口を開けることに取り組もうとしたのだが。

嫌な気配が漂ってくるのに気がついた。


逃げ場がない俺にとって、どんなことも生死に直結する。嫌な気配を出しているのはなんだ？と暗い室内を見回す。ネズミの目は暗闇でもよく見えるのが助かる。

気配は部屋の奥、つまり出窓方面から漂ってきている。

（窓の外に誰かいるのか？）

目を凝らして見ていたら、出窓の内側で白い花が開きつつあるのに気づいた。

（うわっ、なんだあれ）

ハルと違って俺は魔力が見えない。だが、白い花から煙のように薄黒いものが出始めたのが見える。それがゆっくり部屋に広がっている。黒い煙のようなものはモヤモヤと。窓辺から俺のほうに向かって広がりつつある。

（あれは絶対身体に毒だろ）

そう思うが、ハンカチもなければ服も着ていないから避けようがない。黒い煙がご婦人の顔の辺りに届いている。

（えっ？　ご婦人の身体の輪郭がぼやけて見えるんだが）

何度も目を強くつぶって開いたが、見えるものは変わらない。ご婦人の身体が外側から水に溶け出すように揺らめき、ぼやけて、最後にご婦人は小さなネズミになった。

（ほおおおお！）

実際に俺の口から出てきたのは「キィィィィ！」という鳴き声だったが、身体変化魔法の発動を目《ま》の当たりにしているという興奮が大きくて、自分が囚われのネズミであることを忘れるぐらい見入ってしまう。

（なるほど。俺もこうやってネズミに変えられたわけか！　いや、違うな。ここは見入っている場合じゃないな。おい！　奥さん！　起きろ！　起きてくれ！　あんたネズミになっているぞ！）

何度も鳥かごに体当たりしたのに奥さんは起きない。仕方なく水を入れてある小さな陶器の水入れを抱えて針金に打ち付けた。

ガシャン！　ガシャン！　と、何回ぶつけ続けただろうか。やっとご婦人ネズミは目を覚ました。

（おい！　奥さん！　俺をここから出してくれ！）

ご婦人ネズミはしばらく事態を把握できなかったらしい。辺りをキョロキョロ見回していたが、やがて自分の身体がネズミになっていることを理解したらしい。

自分の身体や手足、長い尻尾をしげしげと見ていたと思ったらジタバタしている。その気持ちはわかるが、今は俺の声に気づいてほしい。

（頼む！　俺を出してくれ！　そうすれば元の姿に戻してくれる人がいるんだよ！　奥さんも連れて行くから、頼む、出してくれ！）

相変わらず俺の口から出るのは甲高いキイキイ声だったが、俺は全力で叫んだ。『ネズミ同士なら言葉が通じるかも』という一縷《いちる》の望みをかけて怒鳴った。

ご婦人ネズミは俺を見たが、これといった反応がない。どうやらネズミ同士でも言葉は伝わらないようだと判断した俺は「こっちも人間なんだ」とわかってもらうために、片手を胸に当てて深々と紳士のお辞儀をして見せた。これでわかるか？　と思ったのに。

ご婦人ネズミは「キ？」と短く声を出し、パタリと倒れてしまった。

あああ、こんなときに気絶するのか！

幸いなことに、ご婦人ネズミはしばらくしたら目を覚ましてくれた。俺は何度も洗濯バサミを指さして、「外してくれ！」と身振り手振りで伝え続けている。

ご婦人ネズミは俺が伝えたいことを理解してくれたらしいが、互いに力のないネズミ。二人でいくら頑張っても洗濯バサミは外れない。

諦めて俺が鳥かごに体当たりをすること数十回。ガタンと倒れた鳥かごを踏んで転がし、壁にぶつかるまで鳥かごを移動させた。

（さあ、洗濯バサミを引っ張れ！　俺は挟んでいる部分をこじ開けるから！）

ご婦人ネズミは首を傾けてきょとんとしている。

（ああ、もう！　言葉が通じないって、最悪だな！）

絶望しそうになるが、ハルが待っている。絶対に心配して待っている。諦めるものか。

俺は相手が俺の要求を理解するまで、延々と身振り手振りを繰り返した。


やっと理解してくれたご婦人ネズミと協力して、洗濯バサミを外せたときの感動は、初めて火魔法を発動できたときの喜びを超えたね！

それから二人、いや、二匹で家を出るために家中を探し回り、最後は諦めて排水管の中を通った。毛皮にべたべたと排水管の汚れをくっつけながら、外の排水溝に出ることができたときはホッとした。


キィキィと気弱な声を出しているご婦人ネズミが疲れて座り込むたびに励まし、犬や猫に見つからないように通りをホテルに向かって走った。

ご婦人ネズミはすぐに動けなくなる。人間ならわずか十分ぐらいで着く距離を、一時間以上もかけて進んだ。

ハル、俺は頑張ったよ。すごく頑張った！

ホテルの前にたどり着いたが、ここでまた関門が立ちふさがる。

（どうやってホテルに入ればいいんだ？）

巨大なドアを俺に開けられるはずもなく、人間や猫に見つからないように、植え込みの中で人が来るのを待った。

やがて宿泊客らしい男性が、大きなトランクを片手に馬車から降りた。こっちに近づいて来る。

（よし、この機会を逃すものか。おい、奥さん、一緒に行くぞ）

ご婦人ネズミはぐったりしているが、今は一緒に行動してもらわなくては。ご婦人ネズミの片手を握り、グイと引っ張る。

男性客がドアの前に立った瞬間に二匹で走り込んだ。ドアマンにも、男性客にも、カウンターの女性にも見つかることなくホテルのロビーに入りこめた！

「キッ！」

隣で元気がない様子のご婦人ネズミが、上を見て震えている。まさかまた猫か？　と上を見ると、クロがロビーの大きな鉢植えの陰で浮かんでいる。

（助かった！　クロ、俺だ。お前のご主人様の、夫の、ヴィクター。ヴィクター、わかるか？　わかるよな？　ただのネズミだとは思っていないよな？）

「なぁーん」

ここでクロに追いかけられたら終わりな気がする。

クロはネズミを食べるだろうか。食べるだろうな。

（クロ、俺だよ！）

人間だとわかってもらうために、何度も紳士のお辞儀をして見せた。

「にゃんにゃっ」

わかってくれた……んだよな？　クロはスッと下りてきて、最初にご婦人ネズミを、それから俺を二匹一緒に口に咥えると、魔法らしきものを使った。

一瞬だけ辺りの景色がぐにゃりと曲がり、また景色がはっきりしたときには、俺とハルが泊まっている部屋の中だった。

◇◇◇　ハルサイド　◇◇◇

「ナァーン、ナンッ！　ナナァーン、ナンッ！」

クロの鳴き声で夜中に目が覚めた。

ヴィクターが姿を消してからもう八日になる。最近はよく眠れない。今夜もさっき寝入ったばかりなのに。

「どうしたの、クロ。呼んでないのに出てくるなんて、珍しいじゃない？」

「ナァーン、ナンッ！」

眠い目をこじ開け、手探りでランプに火を灯すと、クロがスフィンクスのように床に座り、前足の間に灰色のネズミを二匹抱えている。一匹は私を見上げてバタバタ動いていて、もう一匹は元気なくうずくまっている。

「ネズミ！　クロ、もしかしてそれ、ヴィクターなのかしら？」

「ナン」

私は思わずへなへなとその場に座り込んだ。

よく見るとそのネズミは目の色がヴィクターと同じ柔らかな色味の茶色だ。

「それで、ヴィクターの隣にいるのも、元は人間なのかしら？」

「ナン」

「キッ！」

クロとネズミが同時に返事をした。返事をしたほうがヴィクターに違いない。よかった！　ヴィクターは無事だった！

「ヴィクター、今すぐに元に戻してあげる」

「キキッ！」

「動かないで。じっとしていてね」

私は全力で（元に戻りますように）と願いながらヴィクターネズミに触れる。その後の展開は今までと同じだ。

ネズミの輪郭がゆるゆるとほどけ、ネズミはヴィクターに戻った。久しぶりに会えた！

「ヴィクター！　ああよかった！　やっと会えた！」

ヴィクターに駆け寄って抱きつくと、ヴィクターも抱きしめてくれる。背が高いヴィクターの腕の中にすっぽり包まれると、自分がこの一週間、どれだけ心細かったか実感する。

「ハル、ただいま。ああ、よかった、助かったよ。ホテルまでたどり着くのに結構苦労したんだ。ホテルのロビーまできたらクロが気づいてくれたんだよ。俺はこの一週間、身体が元に戻らなかったらどうしようと不安でさ、生きた心地がしなかった」

「私はエイダと申します。私もお礼を申し上げます。何がなんだかわからないんですけど、この方が私を一緒に連れて来てくれました。あのう、あなたも旦那さんも魔法使いなのね？」

「ええ、そうなんです」

「本当に助かりました。私、まだ悪夢を見ているようだわ。あのう、お世話になりついでで申し訳ありませんが、お願いがあります。今はまだ恐ろしくて独り暮らしのあの家に帰りたくないの。今夜はこのホテルに一緒に泊まれないかしら」

確かにエイダさんの顔色がよくない。この年齢で次から次へとショックを受けたエイダさんの気持ちを思うと心が痛む。

「失礼して、少し背中をさすらせてください。私、魔法で疲れを取ることもできますので」

エイダさんの背中をさすりながら、私は（疲れが取れるように。心が落ち着くように）と念じる。

私の治癒魔法は心の疲れにも効くだろうか。効いてくれますように。

「では今夜は泊まれるよう、私が支配人に頼んでおきますね」

「なんてお優しい。お願いします、あなたは魔法使いというより聖女のようね」

「聖女じゃありませんて」

聖女として騒がれるのも注目されて不自由な暮らしをするのも困ります。

「私はただ魔法を消せるだけの魔法使いです。なるべくこの部屋に近い部屋を頼んできますね」

「私がどこから入ってきたか、聞かれないかしら」

「その辺は適当に言っておきます。大丈夫、私、このホテルのお役に立ったことがあるんです」

突然、ヴィクターは床に大の字にひっくり返った。

「どうしたの！　具合が悪いの？」

「腹が減って目が回る」


支配人は駆け下りてきた私を見てビクッとした。また事件かと思われたか。

「支配人、夫が見つかりました」

「ああ、よかった！　これで全員見つかりましたね。私もやっと安心できます」

「夫がおなかをすかせているので、部屋まで食事をお願いします。夕食を二人分、いえ、三人分。それと、友人が来てくれたので、なるべく近くにひと部屋取りたいんです」

「お任せください。ハル様には大変お世話になったのですから」

支配人は笑顔で了承してくれた。

「私はとても食欲なんてありません」

美味しそうな料理が運ばれたけれど、エイダさんはそう言ってぐったりしている。

「大変な目に遭いましたものね。疲れますよね」

「ありがとう。見ず知らずの私なのに、親切にしてくれるのね」

私はエイダさんを見ていると無性に優しくしたくなる。それは、あちらの世界にいる母を思い出すからかもしれない。

「以前、私が本当に困ったことがありました。そのとき、見ず知らずの私を助けてくれる人が何人もいたんです。だから今度は私がエイダさんの力になりたいんです」

エイダさんが私の手を取る。

「こんなに人の親切をありがたいと思ったのは初めてでよ。感謝しているわ、ハルさん」

「どういたしまして。ではエイダさんはお部屋でゆっくり休んでください」


ヴィクターはテーブルにずらりと並べられた肉、スープ、パン、煮込み料理を「旨い。やっぱり人間の食事は旨い」と繰り返しながら口に放り込んでいる。そしてもぐもぐ食べながら、声をひそめて話し始めた。

「ハル。昨夜この事態の原因がわかったぞ！　これは誰かが身体変化魔法を植物に仕込んだんだ。この目で見た。いやあ、実に貴重なものを見られたよ」

「ええ。身体変化魔法を植物に仕込んで、花が咲くと発動するようにしたみたいね」

「ん？　なんだ、ハルはもう知っていたの？　犯人も知っているのか？」

「ええ。誰が仕込んだのかはわかっているわ」

「誰だ？　どこにいる？　そいつを捕まえて、身体変化魔法のかけかたを聞き出さないと」

「それがね、話は簡単ではないのよ。その魔法を仕込んだ人は利用されたの。本当の犯人は別にいるのよ」


ドルーから聞いた話を説明すると、「ほお」と言いつつヴィクターがキラリと目を光らせる。

「ヤマネコ？　あのヤマネコがこの国に来ているのか？」

「ええ。ドルーという若者に『身体変化魔法大全』を渡してそそのかした女は、自分をヤマネコと名乗ったの。そんな名を名乗る人、他にはいないと思う。なんでこんなことをしたのかはわからないけれど」

「なるほど。なんでヤマネコがその本を持っていたのかも知りたいものだな。だが、まずはそのドルーという若者に身体変化魔法について、詳しいことを聞いてみないと。それとハル」

「ん？　なあに？」

「君、見てすぐにわかるぐらい痩せたね」

そう言われたら服がゆるくなっていたかも。

「そうね。痩せたわね。もう二度とヴィクターに会えないかもと思って、ちょっと参っていたの。

眠れなかったし、ごはんも喉を通らなかった。そういうヴィクターも痩せたわね」

「なにしろ八日間、チーズと水だけだったからな」

「可哀そうに。今夜はもう休みましょう。明日の朝になったら、その若者のところに行かない？」

「ああ、ぜひ行きたいね。会って話を聞きたいよ」

その夜ヴィクターは、あっという間に眠り、私も久しぶりに熟睡できた。


翌朝。出かける前に、少し元気になった様子のエイダさんに声をかけてみる。

「おはようございます。エイダさん、私たちはちょっと出かけてきますから、ゆっくり休んでいてください」

「ええ、そうします。ありがとう、ハルさん」

「何かほしいものがあったら言ってくださいね。買ってきますから」

「ありがとう。本当に助かるわ」

ヴィクターと二人でドルーの店へと向かう。

二人で馬車の御者席に座り、隣のヴィクターを見る。痩せて顎のラインが尖って見えるのが痛痛しい。

「疲れていない？　出かけるのはもう少し休んでからのほうがよかったかしら」

「平気だ。この世から消滅したと思っていた身体変化魔法が残っていたんだ。休んでなんかいられないよ」

出た。相変わらずヴィクターは魔法のことになると夢中だ。新しい魔法を覚えるチャンスと張り切っているらしく、目がキラキラしている。

私はそんなヴィクターの大きな身体にそっともたれかかる。ヴィクターの体温が伝わって来て温かい。

(よかった。本当によかった)

ヴィクターのいない八日間を経験して、あらためてヴィクターがどれほど大切な存在か、思い知らされた。


「そういえばヴィクター、ネズミになったと気づいたとき、あなたはどうして私を起こしてくれなかったの？」

「ええと、気にしないでほしいんだけど。起こそうとする前に、君が寝ぼけて寝返りを打って……その」

「まさか私、あなたを潰しかけたとか？」

ヴィクターが気まずそうな顔で無言ですよ。うわぁ。

「いや、俺が機敏に飛びのいたから大丈夫。そこは問題ない」

「問題あるって！」

うっかりヴィクターを圧し潰していたかもしれないなんて。

この先ずっと、怖くて寝返りを打てなくなりそうだ。

◇◇◇

『植物栽培・小売り』と書いてある看板がかけられたレンガの門。ドルーの家は住居と店を兼ねているようだ。

「ここね」

門に続くツルバラのトンネルを二人でくぐる。

赤い屋根瓦に白い壁。藤のツタが家の壁を這っている。ツタは二階の屋根に届きそうなほど育ち、枝を伸ばして窓を囲んでいる。花の季節にはさぞかし美しいに違いない。

庭にはたくさんの庭木や花の寄せ植え。そのどれもが美しく、少しずつ普通の花とは姿が違う。

ここは間違いなく、植物魔法使いの家だ。

金色の輪のドアノッカーを鳴らしたが、返事がない。

「ドルー、いる？」

ドスン。

家の中から不穏な物音が聞こえてきた。私とヴィクターは互いに目を見合わせ、同時にうなずく。

ヴィクターがドアノブに左手をかけた。右手は魔法を発動できるように構えている。どうやら何かあったらアイスランスを発動するつもりらしい。氷の槍をくらって無傷な生き物はいないだろうが、反撃されるかもしれない。私は右手をヴィクターの背中に向けて、いつでも治癒魔法を発動できるように構えた。

　バッとドアを内側に開け、ヴィクターが飛び込んだ。


「は？」

　ちょっと間抜けな声を出したのはヴィクター。私は絶句して声も出ない。なぜなら……。

「ヒヒン！　ブルルル」

　ドルーの家の中に、ネジネジとねじれた長い角《つの》をおでこから生やした、真っ白で美しいユニコーンがいたのだ。子供のころに絵本で見た通りの姿に思わず目を見張る。

　部屋の中は、そのユニコーンが荒らしたのだろうか。本やクッションが散らばっている。

　油断なく身構えたままのヴィクターが怖い声でユニコーンに話しかける。

「お前、人間だな？」

「ヒヒヒン！」

　ユニコーンがうなずき、深い青色の瞳から大粒の涙がポロリとこぼれ落ちる。その妙に人間くさい仕草にハッとした。

「ねえ、もしかしてあなた、ドルーなの？」

「ヒヒン」

私は美しいユニコーンに近づき、心で（元の姿に戻れ）と念じながら、真っ白な額《ひたい》に手で触れる。ユニコーンはユラユラとゆらめき、ドルーに戻った。

「助かりました。本当に助かりました。ありがとうございます。助かりました」

ドルーはあまり語彙が豊富ではないらしい。もう二十回ぐらい『助かりました』を連発している。

そんなドルーを見るヴィクターの表情が冷たい。ネズミになって猫に殺されかけてずっとチーズと水で生きてたんだものね。

「お前、馬鹿なのか？　自分が身体変化魔法を仕込んだ植物を、なんで始末しないかな」

「そ、それがですね。最初に身体変化魔法を仕込もうとしたときに、ユニコーンを思い浮かべたんですけど、『僕をからかったやつを美しい生き物に変えても意地悪の仕返しにならないかな』と思って、やめたんです。たった一回頭に思い浮かべただけですし、生まれて初めて身体変化魔法を使ったときなので、まさか魔法がちゃんと発動するとは思わなくて。それに、種から育てた苗だから、愛着があってですね……」

そこまで言って、ドルーはため息をついた。

「おっしゃる通り、僕が馬鹿でした」

「ねえ、ヴィクター、ドルーって実はすごい魔法使いなんじゃないの？」

「そうかもな。天才の俺ほどじゃないが、いきなり身体変化魔法に成功するなんて、相当の魔力を持った植物魔法使いなんだろうな」

「えっ」

ドルーがちょっと嬉しそう。

「お前、魔力量はどのくらいだ？」

「知りません」

「一度も調べてもらったことがないのか？」

「ないです。この国にはほとんど魔法使いがいませんし。魔力量って、どうやって調べるんですか？」

「そうか。そうだったな。魔法使いがいないから、魔力量を調べる魔法使いもいないか。今までよく事故を起こさずにやってこれたもんだよ。よほど植物魔法との相性がいいんだろうな」

「そうなんですかね。僕は植物魔法しか知らなかったので、よくわかりませんけど」

「それに、お前は運もいい。ハルがいなかったらユニコーンの姿のまま、死ぬまで王宮かどこかで飼われて干し草を食べることになったろうし、母親とも生き別れだ」

「ほんとにそうですよね」

しゅん、となったドルーが何度もうなずいている。

ドルーは考えなしなところもあるけれど、憎めない性格というか。人に『悪い子じゃないのよ、ちょっと残念だけど』って言われちゃうようなタイプのような気がする。

「で？　身体変化魔法の本はどこにあるんだ？」

「今、持ってきます。ちょっと待っていてください」

ドルーは急いで立ち上がり、部屋を出て行った。ドアが閉まるのを見てからヴィクターが私を振り返る。

「ハルのいた世界にも、ユニコーンがいたんだね？」

「ううん。あちらでは空想上の生き物よ」

「ああ、そうなのか。こっちではユニコーンは過去に実在していた生き物なんだ。今は伝説の生き物って感じだよ。あの角に魔力があって、小指ほどの大きさの欠片《かけら》でも、大変な金額で取引されていたらしい」

「い、いたの？　実際に？」

「ああ。だが、角を狙われて何百年も前に絶滅している」

「へえぇ……さすがは魔法の世界」


「お待たせしました。この本です」

ドルーがヴィクターに手渡したのは、革表紙に金で箔押ししてある立派な本だ。

厚さは十センチくらいある。中を開くと、少し変色した羊皮紙に、びっしりと文章が書き込まれている。パラパラとヴィクターがめくっているので覗き込むと、ドラゴン、人魚、ユニコーン、妖精などの美しい絵が描かれている。

食い入るように読んでいたヴィクターが、途中から急にページをまとめてめくり始めた。それから慌てた様子でドルーに尋ねる。

「おい、ドルー、途中途中でページが欠けているんだが？　切り取った跡がある。お前がやったのか？」

「まさか。そんな貴重な本を切り取ったりしませんよ。もらった状態のまま、一ページだって切り取ったりしていません。最初からそうでした」

それを聞いてしばらくヴィクターが考え込んでいる。

「ふうん。なるほどね。お前に渡されたときにはもう、切り取ってあったんだな？」

「はい。そうです」

「ヴィクター、どういうこと？」

「この『身体変化魔法大全』には五種類の魔法が書いてあるんだが、五種類全部、魔法の解き方のページがないんだよ」

「解き方だけ切り取るって、どういう意図かしら」

「切り口が新しい。おそらく、ドルーに渡す前に切り取ったんだろう。変化術を成功させても解除できないように。ハルがいなかったら、ドルーは多くの人間をネズミに変えた極悪非道の魔法使いとして処刑されて、歴史に名を遺すところだった」

ドルーはしばらく言われた言葉の意味を理解できないようだったが、途中でギョッとした顔になった。下を向いたまま小さく顔を振って「うわ、うわ」とつぶやいていたが、私を交互に見て頭を下げた。

「う、うわあ。僕、なんて馬鹿だったんだろう！　ハルさん、二度も助けてくれて、本当にありがとうございますっ！」

「私へのお礼はいいわよ。あなたには本物の悪意があって身体変化魔法を使ったわけじゃなさそうだし。でもね、ドルー。あなたのやったことはあまりに軽率だった。そこは反省してほしい」

「はい……。もちろんです。今は心から反省も後悔もしているんです。本当です」

「そう。それなら少し安心したわ。それで、ヤマネコがどこにいるかは知らないのよね？」

「全くわかりません。すみません」

「元気を出して、ドルー。それにしても、こんな悪質なことをドルーみたいな若い子にやらせるなんて、あまりにやり方が陰湿だわ。ねえヴィクター、そう思わない？　ネズミに変えられた人たちだって、私がいなかったらどんな悲惨な目に遭っていたことか」

「ああ、解き方のページを全部切り取って渡すなんて、悪質にもほどがあるよ。なんとかしてヤマネコを捕まえなければ。ヤマネコをネズミに変えて鳥かごに閉じ込めてやりたいよ。まったく」

「鳥かごじゃだめ。ホルダールの牢獄に送り返しましょう」

　ドアが開き、ドルーに似た顔立ちの痩せた女性が入ってきた。ドルーが急いで立ち上がり、母親に寄り添った。母親思いのいい子なのね。

「母さん、起きてこなくてよかったのに」

「あなたにお客様だなんて、久しぶりじゃないの。お母さんにも挨拶させてちょうだいよ。初めまして、ドルーの母親です。ドルーがお世話になっております」

「初めまして、ハルと申します」

「ヴィクターです」

「私が病気で寝込んでいるものですから、この子は子供時代から働き通しでした。お友達を作る暇もなかったんですよ。去年夫が亡くなってからは、ここでの苗の販売はもうやめて市場だけになったんですけど、この子、いつ寝ているのかと心配になるくらい働いているんです」

「そうだったんですか」

「母さん、初めて会った人にそんなことまで言わなくていいから」

「そういえばドルー、少し前にここで大きな音がしていたけれど、どうしたの？　お客様がいらっしゃっているのに部屋も散らかっているし」

「あ、ああ、ちょっと部屋の中で運動していたんだよ。そうしたら散らかしちゃってさ」

ドルーの顔が引きつっている。まさかユニコーンに変身していましたなんて、言えないものね。苦笑していた私は、そこで大事なことを思い出した。

私、治癒魔法を使えるんだった。

「あの、立ち入ったことをうかがう失礼をお許しください。お母様は、ご病気なんですか？」

「ええ。生まれつき身体が弱かったのですけれど、それでもいいと言って結婚してくれた夫には、ずいぶん迷惑をかけました。夫が早くに心臓の病で亡くなったのは、きっと私のせいです。この子だって、私の体が弱いばかりに苦労ばかりかけて。私、生きているだけで家族に重荷を背負わせているようで……」

「母さん、やめてくれよ。死ぬかもしれないと言われながら、僕を産んでくれたんじゃないか。僕は産んでもらって育ててもらって、感謝しているんだからね」

「あのっ」

「はい」

「私、魔法を消すことができる魔法使いなんです。病気っていうのは、悪い魔法にかけられたようなものですから、少しはお母さんの身体を楽にして差し上げられるんじゃないかな、と思うんです。ちょっとお身体に触ってもいいでしょうか」

誰が聞いても苦しい屁理屈なのは承知の上だ。見かねてヴィクターが助け船を出してくれる。

「ハルは魔法も消せるし病気も楽にできるんですよ」

「ありがとうございます。ですが私の病弱は生まれつきで、この子がおなかにいるときに余計弱くなってしまって。病気というより、もともと病弱な身体なんですよ。なので……」

お節介を承知で食い下がってみる。

「でも、だめでもともとですから。もちろん、お金をもらったりはしませんから。ご安心を」

ドルーのお母さんは『この人、信じて大丈夫なの？』という視線をドルーに向けた。私がネズミを人間に戻すところを見ているドルーは力強く何度もうなずく。

「大丈夫だよ、母さん。ハルさんはすっごい魔法使いなんだ。僕、ハルさんには感謝してもしきれないほど助けてもらったんだよ」

「あら、そうなの？　ではお願いしようかしら」

ちょっと困った顔でドルーのお母さんが譲ってくれた。きっと息子の数少ない友人だから、気を使ってくれたんだと思う。

「ありがとうございます。では」

私はなるべく聖女っぽさを出さないようにしようと、お母さんの背後に立って背中をさすることにした。宿屋アウラでは触らなくても切り傷を治し、腰痛、肩こりもすっきり治したのだけど、さすがにそれは聖女っぽい。

（治れ。具合の悪いところは全て治れ）と念じながら背中をさする。ゆっくり背中を上から下へと三回目をこすった。たぶん、これで完了だと思う。

「はい、おしまいです」

「あら、もうですか？」

「はい」

自信たっぷりに笑顔を作る。ドルーのお母さんは私の笑顔を見て逆に不安そうになった。あんまり簡単で、胡散臭かったかしら。

ヴィクターが自信たっぷりに「大丈夫、効いていますよ」と後押ししてくれて、やっと安心してもらった。

「ドルー、お前が『作業』をしていた場所を見たいんだが」

「作業？　あっ、はい。今、案内しますね」

ヴィクターの表情で察したらしいドルーがピョンと立ち上がった。


私たち三人は母屋の裏手にある作業場に案内された。そこは納屋のような簡素な小屋。

壁にはぐるりと棚が設置され、棚がない壁にはハサミやスコップ、じょうろなどが釘にひっかけて整然と並べてある。

小屋の隅には薪ストーブ。薪ストーブを背中にする位置に椅子と作業机。それを眺めていたヴィクターが口を開いた。

「で？　お前はその椅子に座って身体変化魔法を使ったのか？」

「はい」

「机の上に植木鉢を置いて呪文を唱えたのか？」

「はい。呪文を唱えながら手をかざしましたけど……」

「なるほどね。お前はおそらく、とんでもなく魔力量が多いんだろうな。俺は魔力量の測定は専門外だが、おそらくそうだと思う。お前、植物魔法の指導は受けたことがあるのか？」

「おじいさんが植物魔法の使い手だったんで、子供のころに教わりました」

「教わったのは植物魔法だけか？」

「はい」

「植物魔法を教わっただけで、それ以降は全く指導を受けていないにもかかわらず、本を読んだだけで身体変化魔法を成功させている。そんなこと、普通はあり得ないんだよ。しかもお前、最初の一回目にチラッとユニコーンを想像して魔法を使ったらユニコーンになってしまったんだよな？」

「はい、そうですけど。ええと、それが何か……」

「魔力量がとても多いドルーが、対象をきちんと決めないで、使用範囲も限定せず、おそらく全力で魔法を使った」

「ごめん、ヴィクター、私にもわかるように説明してくれる？」

「つまり、ネズミに変わる身体変化魔法を仕込んでいるとき、近くにあった鉢植えも魔法を仕込まれていた可能性がある。ドルー、思い出せ。ユニコーンを思い浮かべたとき、他にも鉢植えをこの小屋の中に置いていなかったか？　そしてそれを売っていないか？　何がなんでも思い出せ。これは大変なことだぞ？」

「ええと、ネズミに変わる魔法を使ったときは、ホテルのヤツに売った鉢だけ……、いえ、もうひと鉢足元に置いてました。うわっ、どうしよう、それも魔法を発動したかも！」

「発動したよ。その鉢植えを買ったご婦人と俺がネズミになった」

「ひえっ！　す、す、すみませんっ」

「他には？」

「ええと、最初にユニコーンを思い浮かべたときはどうだったかな。あのときは、身体変化魔法なんて僕には無理だろうと思っていたから、他の植木鉢は、ええと……ああっ！」

「やっぱりか」

ヴィクターがため息をつきながら目を閉じて顔を天井に向けた。

「そのとき、他の植木鉢は何鉢あった？」

「チューリップの鉢がひとつ、足元に置いてありましたあぁぁ！」

「売ったのか？　おい、ドルー、売ったんだな？」

「売りました……」

ドルーの顔が、恐怖、焦り、絶望と、負の感情を全部混ぜたような表情に変わっている。

「売った相手は？　顔見知りか？」

ヴィクターの問いに、ゆるゆると首を横に振るドルーは涙目だ。

そうだよね。なにしろユニコーンだものね。大騒ぎになること、間違いなしよ。

それに、よほどの常連客でもない限り、買ってくれた人がどこの誰かなんて、わかるわけないものね。これは大変なことになった。


「あれ？　でもおかしい」

「ハル、おかしいって、何がだ？」

「ホテルでは踊り場に置いてあった鉢植えひとつで、一階二階三階にいた人が、私以外は全員ネズミになったわよね？　だけど今回、ユニコーンに変わったのはドルーだけ。なんでドルーのお母さんはユニコーンに変身しなかったのかしら」

「ああ、それは、たぶん……」

　オドオドとドルーが口ごもる。

「なんだドルー、何か思い当たることがあるなら言ってくれ」

「たぶんですけど、ユニコーンを思い浮かべながら魔法を使ったのはほんの短い時間で、身体変化魔法をあまり信じていないまま魔法を使いました。だから、鉢植えの魔法も効き目が弱かったのかもしれません」

「ああ、それはあり得るな」

　そこからしばらく三人で考えた。

「ねえヴィクター、ユニコーンが突然現れたら、絶対に騒ぎになるわよね？」

「なるだろうな」

「いきなり殺されることって、あると思う？」

「絶対とは言い切れないが、ホルダール王国でもこのレスター王国でも、ユニコーンは神の乗る馬、神の使いと思われている。いきなり殺すなんてことは普通では考えられないが」

「だったら私たち、ユニコーン出現の噂が流れるのを、待てばいいんじゃない？　ネズミと違って大きいし、猫に食べられることもないし」

「ふむ。そうだな。王都中を捜し回るのは難しい。まずはユニコーン出現の噂を待つか」

ドルーが土下座するような低い姿勢になった。

「師匠っ！　よろしくお願いします！　僕にできることなら、なんでもします！」

「師匠？　お前を弟子にした覚えはないが」

「魔法使いの大先輩ではありませんか。では心の師匠！」

そう叫びながらヴィクターの脚にしがみつく。


乗りかかった船だ。ドルーは働かなくては食べていけないし、母親の面倒も見なくてはならない。一方、私とヴィクターは大災害を防いだときの報奨金をたっぷり持っている。この件に専念できる余裕がある。なによりもヤマネコが絡んでいる話なら、知らん顔をするわけにはいかない。

「ねえ、ヴィクター」

「皆まで言うな、ハル。ドルーを助けたいんだろう？」

「ええ、それもそうなんだけど……」

「ヤマネコを捕まえたいんだな？」

「さすがはヴィクター。よくわかってる」

「俺もこのままではヤマネコへの怒りが収まらないよ。このまま見逃すわけにはいかないさ」

「で、どう？　家探しはこの件を片付けてからにしない？　しばらくはホテル暮らしにして、ユニコーン出現の噂を待たない？」

「ああ、いいぞ。そうしよう」

話し合いはそこまでにして、私とヴィクターはドルーの家を出た。顔色がよくなっているドルーのお母さんとドルーが、ツルバラのアーチのところまで出て見送ってくれた。

帰りながら、私は胸の中でモヤモヤしている気持ちをヴィクターに全部話すことにした。

「ねえ、ヴィクター。私ね、ホルダール王国で拉致されて監禁されていたときね、本音を言うとヤマネコに少しだけ同情する気持ちがあったの。ホルダールであったような生まれつきの魔力のあるなしや、使える魔法の種類で差別される悔しさとか悲しさは、形こそ違ったけれど私がいた世界でもあった。悔しいんだろうな、その気持ちは少しわかるって思っていたの。でもそれ、撤回するわ。ドルーが何も知らないのをいいことに、ヤマネコは自分の気晴らしだか鬱憤晴らしだかにあの子を利用したとしか思えない」

「その両方かもしれないな」

「自分の怒りは、自分でどうにかすればいい。それは他人を道具にしていい理由にはならない」

「ああ、その通りだ」

「ヤマネコは、前回も若い魔法使いを集めて動かした。今回は全く無関係なドルーを道具にした。そういう人は、これからも同じことをやるわよ。誰かを使って自分の望みを果たそうとすると思う。そんなこと、私がさせない。ヤマネコを捕まえてやる」

「確かにそうだな。住まい探しは後回しだ。たまにはホテルに連泊する贅沢もいいさ。根気よくヤマネコを捜そうか。これは俺の勘だが、ヤマネコはここ、王都にいる」

「ええ。私もそう思う。ヤマネコは、自分一人では動かない傾向がある人だもの、きっと人が集まっている王都は居心地がいいはずよ。ヴィクター、捜しましょう。そしてヤマネコを見つけて、捕まえて、事件を解決してから、ゆっくりこの国を楽しみましょうよ」

「ああ、賛成だ。だが、その前に腹が減った。何か食べに行かないか？」

「行く。美味しいものを無性に食べたい！　いっぱい食べたい！」


私たちは王都の街中のレストランに入った。

ここレスター王国には、北の国らしく、トナカイの肉や熊の肉を使った料理があった。

どの肉も赤ワインやスパイスを使って柔らかく煮込まれている。ジャガイモみたいな、でももう少し甘みが薄いお芋料理もある。ネギやニンジンが甘くて美味しい。

ヴィクターは「この国の酒はなかなかだな」と、美味しそうに透明なお酒を飲んでいる。

こうしてヴィクターが隣にいるだけで、不慣れな場所でも心強いのを実感しながら私も食べて飲んだ。


おなかいっぱい食事をしてホテルに帰ると、部屋にメッセージが届いている。エイダさんからだ。

『心細いので少しお話しさせてください』と書いてある。

さっそく隣の部屋を訪問すると、エイダさんは編み物をしている。

「エイダさん、具合はいかがですか」

「ええ、ホテルの方に頼んで編み物の道具を買ってきてもらったんです。それで、お金を持っていないことに気づいたの。着替えもないから家に戻るべきなんでしょうけど。でも、恐ろしくて、一人では家に取りに行けそうにないわ」

「任せてください。私たちが同行しますよ」

「ありがとう。ありがとう、ハルさん。あなた、本当に優しい人ね。魔法も使えるし、聖女様みたいな人ね」

　この世界は何かというと聖女という言葉が出る。本当に聖女の私は、そのたびに少々慌ててしまう。

「そんな。大げさですよ。今から行きますか？」

「お願いします。悪いわね」

　私たちは三人でエイダさんの家に行き、エイダさんがホテルに逗留する用意をしている間に、二人で問題の鉢植えを処分することにした。

　ヴィクターは外で、高温の炎を出し、鉢植えを炭になるまで焼いた。

「よし、これだけ徹底して焼き尽くせば問題ないだろう」

　炭にした鉢植えの話は、エイダさんにはしなかった。あの鉢植えが原因だと知られたら、ドルーはもう商売ができなくなってしまう。

　私とヴィクターはさりげない顔で庭から家に戻った。

「準備ができました。あなたたちがホテルにいる間は、私もホテルに泊まりたいわ」

「もちろんです。仲よくしてくださいね。エイダさんはこの国でできた、最初のお友達なんですから」

「ありがとう、ハルさん。娘のような年齢のあなたにそう言ってもらえて嬉しいわ」

「ああ、そうだ、鉢植えにびっしりと虫がついていたので、処分しましたよ」

「まあ怖いこと。ありがとう、ヴィクターさん」


私たちはのんびりとホテルへと帰った。

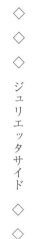

第三章★王女ジュリエッタの悲劇

◇　◇　◇　ジュリエッタサイド　◇　◇　◇

王城の四階、広くて日当たりのいい部屋で、ジュリエッタ王女が侍女に話しかけている。

「クララ、昨日のお休みは楽しめたの？」

「はい、ジュリエッタ様。家族と食事をして、市場で買い物をして参りました」

「市場に行ったの？　いいわねえ。私もふらりと出かけてみたいわ」

「ジュリエッタ様は視察で年に一度、お出かけするだけですものね」

「たくさんの護衛に囲まれて、民たちが入れないように規制した市場なんて、市場じゃないわよ。もっといつも通りの状態で市場を味わいたいのだけれど、それは無理なんでしょうね」

「難しゅうございますね。普段のままでは、どんな輩《やから》がうろついているかわかりませんもの」

そこまで言ってからクララはジュリエッタをしみじみ眺める。

クララが仕えているジュリエッタ王女は十六歳。輝く金色の髪。南の海のようと表現される明るい青の瞳。スッと通った鼻筋に小さくふっくらとした唇。女性から見ても、うっとりするほど美しい。

美しいだけでなく、ジュリエッタ王女は聡明な努力家だ。そんな王女に仕えていることを、クラはいつも誇らしく思っている。

今日のクララはジュリエッタを喜ばせようと、とある物を用意してある。それを見たら、きっと驚いて喜んでくれるだろうと思うと、ジュリエッタの顔を見て思わず「うふふ」と笑ってしまう。

「なあに？　私の顔を見て笑うなんて。侍女長のマチルダに見られたら、きつく叱られてしまうわね」

「失礼いたしました。実はジュリエッタ様にお土産を買ってまいったものですから」

「まあ！　お土産？　なにかしら」

「今、お持ちしてもよろしいでしょうか？」

「もちろんよ！　早く見せて」

クララは急いで王女の部屋を出ると、あらかじめお土産を隠しておいた控えの間から鉢植えを抱えて戻ってきた。

「これでございます、ジュリエッタ様」

「あら、チューリップね？　つぼみが膨らんでいるじゃないの。これから冬がくるというのに、珍しいこと。寒さで枯れないといいけれど」

「これは特別なチューリップで、真冬に咲くのだそうです。しかも、普通のチューリップよりも

ずっと長い期間咲き続けるそうです。市場でも人気の店で買ってまいりました。魔法使いが魔法をかけて育てた鉢植えを売っていることで、有名なお店です」

「魔法使いのお花屋さんなんて、なんだか童話みたいね。このつぼみはまだ緑色だけれど、お花は何色が咲くのかしら。今から咲くのが楽しみだわ。ありがとうクララ」

「どういたしまして、ジュリエッタ様」


その日の午後になり、ジュリエッタがクララを呼びとめた。

「ほら見て、クララ。つぼみが開きかけているわよ。咲くのは明日の朝かしら」

「楽しみでございますねえ。なにしろ魔法使いが育てたチューリップですから、きっときれいな花が見られますよ」

「楽しみだわ。では、そこの日当たりがいい出窓に置いてくれる？」

「かしこまりました。私も楽しみでございます」

二人の少女は顔を見合わせて笑った。


その日、チューリップのつぼみは夕方からどんどん膨らみ、花弁の先端が外側に向かって開き始めた。

「チューリップはお日様の光を受けて開くものだと思っていたけれど、これは夜に咲くのかしら。魔法使いが育てると、そんなところも違ってくるのね」

ジュリエッタは翌朝を楽しみにしてベッドに入った。

翌日、ジュリエッタはいつもよりかなり早く目が覚めた。まだ夜明け前で、部屋の中は暗い。寝返りを打とうとして、全身に違和感を覚えた。

「なんだか頭が重い。肩が冷えているわね」

そう独り言を言ったつもりが、耳に聞こえてくるのは「ブルルル、ヒヒン」という動物のような声。

（え？　え？　私の声、どうかしちゃった？）

自分ではいつも通りに言葉を話しているつもりなのに、またしても「ヒヒン、ブルルル」という音しか喉から出ない。とても自分の声とは思えない。獣じみたと言うよりも、獣の声そのもの。それも、よく聞き慣れている『あの動物』の声に聞こえる。不安と恐ろしさに、冷や汗が出てきた。

散々もがいて、どうにかベッドにうずくまることはできた。その途中で薄々気がついていたが、部屋の隅に置いてあるろうそくの弱い明かりで、はっきりと自分の身体を見ることができた。

ジュリエッタは恐怖で固まる。

ベッドにうずくまっているのは、白い馬だ。

（これは夢ね。とても怖い悪夢だわ。目が覚めたらきっと元通りのはずよ）

そう自分に言い聞かせ、目を閉じた。しかし、しばらくして……。

(だめ。眠れない。眠って起きたらいつも悪夢から解放されるのに)

ジュリエッタは慣れない体で頑張った。柔らかなベッドの上で苦労して立ち上がる。どうやっても足で立つことができないので、四つん這いになった。

(おかしい。こんなに動いても目が覚めないなんて、ありえない)

眠れないのならいっそこの夢を楽しもうと、ベッドから床に下りた。そのまま絨毯の床を進んで姿見の前に立つ。ぼんやりしたろうそくの明かりで見た姿見には、ほれぼれするほど美しい白馬が映っている。

(まあ。なんて美しい馬なのかしら。んん？　額に何か生えて……角？　馬なのに？)

姿見に顔を近づけて見ようとしたが、目が顔の左右についていて、片目で見ることになった。

(これ、どう見ても角ね。十センチくらいしかない可愛い角だわ。白馬に角って。まるでユニコーンじゃないの。しかも、私と同じ場所に同じホクロがある)

嫌な予感に冷や汗をかきながら、そのまま二時間くらい過ぎたろうか。

ごく普通の貴族の少女なら、この辺りで失神して倒れるところだが、王女ジュリエッタは聡明かつ気丈な少女だった。

(これは悪夢ではない。悪夢のような現実だわ)

朝日がカーテンの隙間から差し込んでくる。もう少しすれば、当番の侍女が起こしに入ってくるだろう。そこから、どんな騒ぎが起きることか。ジュリエッタは目を閉じてため息を吐いた。

（さて。どう行動するのが最善なのかしら。まずは落ち着いて考えましょう。侍女が自分を起こしに来るまで、まだ時間はある。そのときに、どうすればこのユニコーンが私だとわかってもらえるか、考えなくては。慌てちゃだめ。絶対に）

ジュリエッタは考えながら部屋を歩き回る。太陽が少しずつ昇り、差し込んでくる光の位置が変わっていく。

やがてその部屋のドアが開いた。


「ジュリエッタ様、おはようございます」

ノックの後に隣の部屋との境のドアが開き、当番の侍女が入ってきた。ジュリエッタは「助けて！」と駆け寄りたいのをグッと我慢した。

（私が侍女なら、ユニコーンが自分に向かって近寄って来たりしたら……悲鳴をあげて逃げるわね）

自分が変身していることに気づいてからずっと、ジュリエッタは最善の手を考え続けている。

（殺されずに生き延びなければ。もしかしたら、時間が過ぎたら元の姿に戻ることができるかもしれない。でも、ユニコーンとして殺されたらそこで終わりよ）

ジュリエッタは真綿で包むようにして大切に育てられた、箱入りの王女ではあるが、そんな育てられ方にもかかわらず彼女の賢さは損なわれていなかった。

(生き延びて時間を稼ぐ。今やるべきことはそれだけだわ)

「ジュリ……ひぃぃっ！　馬？　なんで？　え？　角？　ユニコーン？　なんで！　いやっ怖い！　ジュリエッタ様！　どこにいらっしゃるのですかっ！」

ジュリエッタがユニコーンに姿を変えたのだと思うはずもなく、侍女は突然現れたユニコーンが恐ろしくてならない。だが健気《けなげ》な侍女は、己《おのれ》の職務を果たそうとしている。

「衛兵！　衛兵！　早く来てっ！」

ドアが素早く開かれ、衛兵が二名飛び込んでくる。手には抜き身の剣。

殺気を放ちながら飛び込んできた衛兵たちは、はるか昔に絶滅したはずのユニコーンを見て、ぽかんとした顔になる。

「馬？　いや、ユニコーン？　本物の？」

「なんでユニコーンがここに？」

「どっちでもいいわよ！　ジュリエッタ様がいらっしゃらないの！　早くその馬？　ユニコーン？　どっちでもいいわ、それを追い出してください！」

侍女が甲高い声で叫ぶが、衛兵たちも護衛の専門家である。いきなり斬りかかったりせず、一人が油断なくユニコーンとの間合いを取りながら見張り、その隙にもう一人が寝室の中にいるはずの王女を捜し始めた。ベッドの下、戸棚の中。カーテンの陰。

「殿下が見当たらない。すぐに捜索の人手を呼んでくれ！」

「はいっ！」

侍女は部屋を飛び出し、「大変ですっ！　衛兵！　衛兵！　ジュリエッタ様の寝室に、早く！」と叫びながら走り去っていく。

その様子を見ながらジュリエッタは冷静に考える。

（大変な騒ぎになるわね。さあ、ここからよ。落ち着くの。どうやったら殺されずに済むか、考え続けなければ）

ジュリエッタは猛烈な勢いで頭を働かせ、いくつかの選択肢からひとつを選ぶことにした。

（これはどうかしら）

「は？」

「これって、どういうことだ？」

衛兵たちが戸惑うのも無理はない。純白のユニコーンがゆっくりした動作で四本の膝を曲げて床に座り込み、深々と頭を下げている。自分に敵意はありませんよ、と言うように。

◇　◇　◇

王女失踪の知らせは即座に国王夫妻に伝えられ、同時に「王女の部屋にユニコーンが現れた」

という冗談のような情報も伝えられた。

「ジュリエッタはまだ見つからないのか！　誰がユニコーンなどあの部屋に連れてきたのだ？」

「ただいま城内をくまなく捜索しておりますが、いまだ……ユニコーンの件もまだ事情が不明でございます」

焦燥を滲ませる国王アムスラムド四世は、ため息と共に目を閉じる。

普段は後ろにきっちりと撫でつけられている黒い髪が、寝起きのまま乱れている。青い瞳は心配のあまり落ち着かず、視線が忙しくあちこちに向けられる。

アムスラムドの子はジュリエッタ王女のみ。それも美しい女の子とあって、掌中の珠のように大切に可愛がってきた。それが行方不明である。父としての焦りと恐怖は言葉に表せないほど深い。

「ジュリエッタを連れ出した輩がユニコーンを置いていったのだろうか。いったいどうやって？どんな理由で？」

国王が問いかけるが、全員が答えられない。

当直の衛兵たちは厳しく叱責され、今は捜索隊の一員となって走り回っている。

「おかしいではないか。ドアの前にいた二人の衛兵の目に触れずにジュリエッタを寝室から連れ出し、ユニコーンを代わりに置いていくなど、どうやったらできるというのか。もしや……人間の仕業ではないのかもしれぬ」

王女の部屋は四階だ。窓の外にバルコニーがあるものの、その上も下も、一切の足場がない。

「そんな。あなた、どうしましょう。ジュリエッタはどんな目に遭わされているのか」

王妃ヘンリエッタは、王女失踪の知らせを受けて一度は失神したものの、今は国王に寄り添っている。

ユニコーンは今、王族用の広い部屋に連れてこられている。暴れるそぶりもなく、国王夫妻を見つめているだけだ。

王妃はその白く美しい馬体を、茫然と見つめて動けないでいる。ヘンリエッタの顔立ちはジュリエッタとよく似ている。輝く金髪、深い青色の瞳の美しい女性だ。

衛兵に取り囲まれているユニコーン。その体は想像していたよりも小柄で、これから長く伸びると思われる角は、十センチほどのかわいらしい長さ。

雪よりも白い体。夏の空のような青い瞳。その特徴は、自分の特徴を受け継いだジュリエッタと同じだ。ヘンリエッタは（まるでジュリエッタが姿を変えたみたいね）と、そう心でつぶやいてからギクッとなる。

「まさか……」

「どうした、ヘンリエッタ」

「陛下、あのユニコーンに近づいてもよろしいですか」

「ならぬ。蹴られたらどうする。それに相手は五百年以上も昔に絶滅したと言われるユニコーンだ。どんな攻撃をしてくるかもわからないだろう」

「陛下、もし私の考えが正しければ、あのユニコーンは私を傷つけたりはしません。まさかと思うような愚かしい考えなのですが、確かめたいことがございます」

一度アムスラムドに却下されたにもかかわらず粘るなど、普段は控えめで我を押し通したりはしないヘンリエッタにしては珍しいことだ。

アムスラムドはしばし考え込んでから騎士を近寄らせ、命令を下す。

「よいか、必ず王妃を守れ。ユニコーンが不審な動きをしたら剣を使ってもよい。わかったな？」

「はっ」

ヘンリエッタは五人の騎士に囲まれ、ゆっくりとユニコーンに近づく。ユニコーンは微動だにせず、じっとヘンリエッタを見つめている。

「あなたはずいぶん大人しいのね。少し確かめたいことがあるの。動かないで私を近寄らせてくれるかしら」

「ヒヒン」

ユニコーンが打てば響くようなタイミングで鳴く。しかも何度も頭を上下させてうなずいているように見える。騎士たちは驚いたが、それでも油断なく剣を構えながら王妃の周囲を固めている。

ヘンリエッタは自分の予想が当たっていたらと思うと恐ろしい。強張った笑顔で話しかける。

「娘には他人は知らない秘密があったわ。もしあなたが私の思っている通りならば、力になります。あなたの前脚の付け根を見せてくれるかしら？」

「ヒヒン」

ヘンリエッタはゆっくりとユニコーンに近づき、左前脚の付け根に顔を近づける。

「王妃様、それ以上は危険です」

「すぐ終わります。ああ……なんてこと」


ユニコーンの左前脚の付け根に顔を近づけ、何かを確認した彼女は一度軽くよろめいた。すぐに騎士たちが王妃の身体を支え、ユニコーンから遠ざけた。

戻ってきたヘンリエッタの顔色が悪い。アムスラムドが問いかける。

「どうした。何かわかったのか」

「陛下、お耳をお貸しください」

アムスラムドが顔を傾け、ヘンリエッタがそこに小声でささやいた。

「陛下、あのユニコーンは、ジュリエッタです」

アムスラムドは驚いてのけぞるが、数秒考えてから首を振る。

「そんなわけがあるか。馬鹿なことを申すな」

「いいえ。ジュリエッタの左の脇の下には小さなホクロが三つ等間隔で並んでいますが、あのユニコーンにも同じ場所に等間隔で三つのホクロが並んでいます」

「まさか、そんなわけが」

「そう思ってご覧ください。青い瞳。輝く金色のたてがみ。そして脇の下のホクロ。あの子の寝室にユニコーンが現れ、あの子はいなくなった。陛下、あれはジュリエッタです。母の私にはわかります」

アムスラムドはしばらく茫然とユニコーンを見つめていたが、腹の奥から絞り出すような声を出した。

「ここにいる全ての者は、部屋から出るように」

慌てて護衛騎士が反論する。

「なりません陛下。護衛もなしにユニコーンと同じ部屋に残るなど、危険でございます」

「ふむ。ならば全員壁際に下がれ」

「せめて護衛の一人だけはお近くに置いてくださいませ。お願いいたします」

「では一人だけついて来い」

(ジュリエッタがこのような姿に変えられたことを知られたら、娘は一生噂の種にされ、国内の民だけでなく、周辺国全ての者たちに『馬になった王女』と笑われながら生きて行かねばならない。何がなんでもこのことは秘密にしなければ)

アムスラムドはユニコーンに近寄る。一人だけ残った古参の騎士は、その斜め前。ユニコーンが少しでも不穏な動きを見せたら、即座に斬り伏せる覚悟だ。

手を伸ばせば届く場所まで近づいて、アムスラムドがユニコーンにささやいた。

「お前は言葉がわかるのか？　わかるなら、二度うなずけ」

　ユニコーンはアムスラムドを見返しながらしっかりと二度うなずく。

「ここからは私一人になる。お前は下がれ」

「しかし陛下」

「よい。大丈夫だ。これは王命だ。下がりなさい」

　中年の騎士が仕方なく引き下がったのを確認してから、アムスラムドはユニコーンの耳に口を寄せて再びささやく。

「お前はジュリエッタなのか？」

　ユニコーンがうなずく。

「どうしてこうなったか、わかるか？」

　ふるふるとユニコーンは首を振る。

「そうか。さぞ恐ろしい思いをしていることだろう。可哀そうに、私の可愛いジュリエッタ。父がどんな方法を使ってでも、お前を元の姿に戻してやろう。つらいだろうが、しばし待つのだ。よいな？」

　コクリ。うなずいた拍子に、ユニコーンの青い瞳から涙がこぼれる。

「よしよし。お前がどれほど驚き苦しんでいるか、想像しただけで父は胸が張り裂けそうだ。ジュリエッタよ、父に任せなさい。大丈夫だ」

　アムスラムドは純白のユニコーンの首を撫で、優しく声をかけた。平静を装ってはいるものの、理解の範疇を超える事態に、内心では膝から崩れ落ちそうなほどの衝撃を受けている。

だが、父として国王としての立場が、アムスラムドを支えている。

「しばし、しばし待つのだ。どんなに時間がかかっても、私がお前を元の姿に戻してやる。父を信じなさい」

コクリ。ユニコーンは涙で潤んだ青い瞳でアムスラムドを見つめながらうなずいた。


距離を取ってその様子を見守っていた護衛の騎士たちは、国王がユニコーンに触れ、ユニコーンがうなずいたり首を振ったりして会話をしているらしい様子に驚き、互いに顔を見合わせている。

（さすがは国王陛下。ユニコーンとあのように親し気に言葉を交わし、触れあっていらっしゃる）

目と目で語り合う騎士たち。その様子に気づいたアムスラムドは、室内にいる騎士たち全員に呼びかける。

「古来神の使いと言われるユニコーンに今、話を聞いた。ジュリエッタは戻ってくる。それまではこのユニコーンが城に滞在するそうだ。ユニコーンを傷つければジュリエッタは戻れなくなる。よいか？　ジュリエッタが戻るまで、このユニコーンを大切に扱うように」

「ははっ！」

王妃ヘンリエッタはそれを聞いて安堵した。

　壁際に護衛たちを残したまま、国王夫妻はジュリエッタが変身したユニコーンに寄り添う。ユニコーンはおとなしく、暴れる気配はない。

「ジュリエッタが戻るまで、私とヘンリエッタがこの神の使いであるユニコーンを近くに置く。ユニコーンはジュリエッタが戻ってくるまでの身代わりに置いて行かれたのかもしれぬ。心配なのはわかるが、案じるな。よいな」

　ここまで宣言をされて、国王の決断に逆らえる者など誰もいない。みんな驚いたが「はっ」と受け入れた。


　ユニコーンは日中は人目につかない中庭で厳重に守られながら過ごし、夜間は国王夫妻と同じ部屋で眠ることになった。

　アムスラムド国王が『神の使いのユニコーン』という言葉を繰り返したのは、意識してのことだ。愛娘が元の姿を取り戻したときに、『馬になった王女』という悪い噂が立たないよう、そして神の使いに注目された王女、というよい印象を残すための親心である。

　ジュリエッタは、こんな姿になっても両親が自分であることに気づき、守ってくれていることに、深く安堵している。だが、同時に巨大な絶望に圧し潰されそうにもなっている。

（よかった。殺されることはなくなった。でも、私は本当に元に戻れるのかしら。一生をこの姿

で過ごさなければならないなんてことは……あるかもしれないわね）
気丈で聡明な王女は、ともすると絶望しそうになるが、そのたびに自分を励まし続けている。
（最悪を考えたところで、なにも好転しない。しっかりするのよ、ジュリエッタ。生きて元に戻れる方法を考えなくては）

◇◇◇

アムスラムド国王は今、とことん信頼できて口が堅い宰相を呼び、王妃と三人で極秘の会議を開いている。ジュリエッタユニコーンも一緒である。人払いされた執務室で、国王から事の真相を聞かされた宰相グルームは、しばらく理解が追いつかない。

グルームはその生真面目な性格と忠誠心の高さから国王が若いころから信頼している人物で、眼鏡をかけた五十代の男だ。白髪混じりの茶色の髪は丁寧に撫でつけられている。

「まさか」

「そのまさかだ、グルーム」

宰相のグルームは美しいユニコーンを見ながらあんぐりと口を開けてしまう。

「なぜこのようなことが。いえ、その前に、これが本当にジュリエッタ様なのでしょうか」

「私とヘンリエッタの正気を疑いたくなるのも無理はない。だが本当なのだ。ジュリエッタや、グルームのためにまたあれを見せてくれるかい？」

コクリ、とひとつうなずいて、ユニコーンはグルームの前に立った。

「グルームが転んで手首を折ったことがあったな。あれはどちらの手だったか覚えているか？」

ユニコーンはうなずき、迷うことなくグルームの右手にそっと鼻先で触れる。グルームは眼鏡の奥の目を何度も瞬かせ、ゴクリ、と唾を飲んだ。

「で、では、私からも質問をさせてください。私はジュリエッタ様がお小さいころに遊んで差し上げたことがございます。ジュリエッタ様のお気に入りの遊びはなんだったか、答えられますか？　それが『人形遊び』だったら右手に、『姫と盗賊ごっこ』だったら左手を選んでください」

ユニコーンは素早く左手に触れる。

「これは……し、信じがたいことですが、本当のようでございますね。なんとおいたわしい。ジュリエッタ様、このグルームがなんとしてもこの事態を打開して差し上げますので、どうかしばし、お時間をください」

ユニコーンはうるうると瞳を潤ませながら、コクリとうなずく。そして疲れたらしく、窓際に敷かれた分厚い敷物に横たわってしまった。

「ジュリエッタ様、なんとお慰めしたらよいのか」

涙ぐんでユニコーンを見ていた宰相グルームが表情を引き締めて国王に話しかける。

「陛下。私の父に魔法書の収集癖があったのはご存じですね」

「ああ、お前の父親はとんでもない大金を使って、魔法を徴用しているホルダール王国からありとあらゆる魔法書を買い集めていたらしいな。父上がよく話していた。この国には魔法使いがいないから、よけいに魔法に憧れる者が多い。だがお前の父親の魔法好きは桁違いだったと聞いている。で、グルーム、お前はこれを魔法だと思うのか」

「はい。隣国ホルダールではかつて、身体変化魔法があったのです。しかし、何かの理由でその魔法は使われなくなり、その魔法を書き記した書物は全て焼き払われた、というところまでは父の集めた本に書いてありました」

「身体変化魔法……。では、それをジュリエッタにかけた者がいる、ということだな」

「おそらく」

アムスラムドはギリッと奥歯を噛んだ。

「そやつを見つけ出したあかつきには、必ず八つ裂きにしてくれるわ！」

「陛下、まずはこの魔法の解除方法を探らねばなりません。この国にもごくわずかながら魔法使いはおります。その者たちに調べさせてはいかがでしょうか」

「我が国の魔法使いがどこにいるのか、すぐにわかるのか？」

「はい。調べて記録してございます。すぐに国内の魔法使いを集めましょう」

「ごくわずかとは、どのくらいだ？」

「王都に限って申し上げれば、三人でございます」

「少ないのは知っていたが、たった三人か」

「はい。我が国では魔力を持つ赤子が生まれません。この国にいる魔法使いは、全員がホルダール王国からの移住者、およびその子孫です」

「そうか。ではすぐにその者たちを呼び集めよ」


アムスラムドは当初、魔法使いが活躍するホルダール王国に使いを出すべきか、と考えた。しかし国王としての立場がそれに待ったをかけた。

（ホルダールの魔法使いを頼るのは、最後の手段にしよう。他国に余計な噂が流れては、ジュリエッタの一生がめちゃくちゃになってしまう。それだけではない。ホルダールから、法外な要求を突き付けられるかもしれぬ。まずは国内の魔法使いを頼るべきか）

「頼りになるな、グルーム」

「恐れ入ります」

こうしてグルームの持つ情報に基づき、王都内の魔法使いたち三名に迎えの使者が送り出された。三人のうちの一人、ドルーにも使者はやってきた。

◇◇◇

「僕がですか？　王城に？　陛下のご命令で？　それは……どういう理由でしょうか」

ドルーは使者の訪問に驚き、渡された書状を読んで使者に質問をする。

（まさか、ヒグマ亭のネズミ事件が陛下のお耳に入ったのだろうか。それとも、あの行先がわからない鉢植えがお城に運び込まれたのだろうか。もしそうだとしたら、僕は死罪？　いや、それだけじゃ済まされない。母さんまで巻き添えで死罪になる。どうしよう。どうしよう！）

使いの男は震え出したドルーを怪訝そうに見ながら、ドルーの質問に答えた。

「王都内の魔法使いを直ちに集めよ、ということ以外、理由は私もわかりません」

「陛下が魔法使いを集めていらっしゃるのですよね？　でしたらあの、あの、僕、最近この国にやって来た魔法使いを二人知っていますが、その人たちにも一緒に来てもらってもいいですか？」

「ほう。それはありがたい情報です。ぜひその方のところに私を案内してもらえますか」

「はい！」

こうしてドルーは、心の師匠であるヴィクターと『魔法を消せる魔法使い』ことハルに縋《すが》ることにした。

（師匠、ハルさん、厚かましいのはわかっています。この御恩は一生忘れません。必ず恩返しします。ですので、どうか、どうか、お力をお貸しください！）

ハルたちが滞在しているホテルヒグマ亭に向かう馬車の中、ドルーは死刑になるかもと怯えている。

（呼ばれた理由が、僕の作ったあのチューリップのせいだとしたら。そして師匠とハルさんでもどうにもならなかったら……そして僕のせいだとばれてしまったら……母さんまで僕のせいで死

刑になってしまう前に、胸を突いて死んでお詫びをしよう。何の関係もない母さんだけは、何がなんでも守らなくては)

いつもは気弱なドルーが、今日ばかりは覚悟を決めていた。

城ではジュリエッタが、馬車の中ではドルーが。二人の若者が心を圧し潰されそうな不安に耐えている。

第四章★魔法を消せる魔法使い

◇◇◇　ハルサイド　◇◇◇

ホテルの部屋のドアがノックされた。

ドアを開けると、ホテルの従業員さんが慌てた様子で「ロビーに王家からの使者がいらっしゃっています」と言う。

「王家から、ですか。わかりました。すぐに行きます。ヴィクター、何事かしら」

「聞いてたよ。なんで俺たちの存在をレスター王国の王家が知っているんだ?」

「たしかに」

二人で疑問に思いながらロビーに下りて行くと、いかにも王家のお使いという印象の、きっちりした青色の文官服姿の男性と、しょんぼりして顔色の悪いドルーがいる。ヴィクターは「もしかして身体変化魔法のことか?」と私にささやく。

ヴィクターが大股で二人に歩み寄り、使いの人に話しかけた。

「私たちに御用だそうですね」

「ええと、あなたがヴィクターさんでしょうか？」

「そうです」

「そして、こちらが奥様のハルさん？」

「はい」

文官さんは少し声を小さくして、私とヴィクターを交互に見ながら事情を説明してくれる。

「実は国王陛下が、王都内にいる魔法使いを全員招集していらっしゃいます。こちらのドルーさんをお連れしようとしたところ、『知り合いに魔法使いが二人いる』と教えてくれたのです。お二人は魔法使い、でしょうか？」

「ああ、そうだ」

「助かります！　ではお二人もご一緒にお城までご同行願います」

「何のためにです？」

「それは私にも知らされておりません。ですので、申し訳ありませんがお答えできないのです」

「ヴィクター、王家ともめるのは困るわ。おとなしく行きましょうよ」

「ふむ。私たちは旅行客でね。この国の人間ではないんですよ」

「そうでしたか。ですが、今現在この国にいる魔法使いを集めるように、とのお達しですので、お二人もそれに該当するかと思います」

ヴィクターは気に入らないらしい。「むうぅ」みたいな声を出している。王家には不愉快な思い出があるから、行きたくないのかしら。

「行きましょう、ヴィクター。無理やり連れて行かれる羽目になる前に、さっさと行ったほうがいいと思う」

それでもまだヴィクターは何か言いたそうだったが、彼の背中を押すようにして、私たちは文官さんと一緒に馬車に乗った。

馬車の中で、ドルーが何度も頭を下げる。

「師匠、ハルさん。勝手にお二人のことを話してしまって、すみません。でも」

「はい、そこまで。ドルー、これってきっと、お城で『緊急に魔法使いを集めなきゃならない事態』が起きたんだと思うの。そう思わない?」

ドルーの目を真っ直ぐ見つめながら（察しなさい。文官さんの前で、余計なことを言えないけど、察して!）との思いを込めた。呼び出された理由は、身体変化魔法が関係している気がしてならないもの。

するとドルーの顔が引きつる。察してくれたようだ。ドルーの様子を見ていたヴィクターが話を合わせてくれる。

「なるほどな。確かにハルの言う通りだ。『よほど困った事態』が起きたんだな。問答無用で他国の人間まで集めたくなるような、魔法がらみの事態が起きたとしか思えない」

「ヴィクター……」

ヴィクターは絶対にわかって言っている。わかっている上で「我々は仕方なく行ってあげるんですよ」と文官さんに伝えているのだろう。文官さんが気まずそうで、申し訳ない。

馬車はお城の敷地を進む。

馬車を降りてひと通りの身体検査を受けてからはもう、「さあ、こちらです」「お急ぎくださ い」「陛下がお待ちです」と急がされている。よほどの事態が起きているのだろう。とても嫌な予想を思いつく。私の予想が当たっていないことを祈るばかりだ。

お庭のあちこちに衛兵が立っていて、厳重に何かを警戒している様子。

最後はバラ園を抜けて騎士が十人ほども立って警護しているレンガの門をくぐった。

そこは周囲を高さ二メートルぐらいのレンガの塀に囲まれている、小さな中庭だった。

一歩中庭に入って、呼ばれた理由を理解した。

そこには純白の体に金のたてがみ、青い瞳のユニコーンが一頭、たたずんでいた。


「ほうほう。なるほど。ユニコーンですか。これは珍しい」

ヴィクターは全てわかっていて演技しているのだろうけれど、わざとらしい。とほほ。

そっとドルーを見ると、顔には『絶望』と書いてある。

そうだよね。王様が魔法使いを集めていて、これだけの数の警護がつく人物なんて、片手で足りる。そんな人物に魔法をかけちゃったのだとしたら、無事で済むわけがない。

ドルーの絶望は計り知れないだろう。なんとかドルーを助けてやりたい。

「ドルー、落ち着いて」

「は、はひっ」

声が裏返っている。

私は声に出さず、『だいじょうぶ』と口を動かした。追加でにっこり笑って見せる。任せなさい。私はこういうことのために、天才魔法使いヴィクターが召喚した聖女だからね。

背後から、威圧感のある声が聞こえてきた。

「さすがは魔法使い。ユニコーンを見ても驚かないのだな」

私、ヴィクター、ドルーが振り向く。周囲にいる衛兵さんたちが一斉に頭を下げた。

そこには四十代の見目麗しい男性が立っている。その斜め後ろには金色の髪を高く結い上げた美しい女性。

この場所で、こんなに胸を張っていられる夫婦は、ひと組しかいない、よね？

「そなたたちは三人とも魔法使いか？」

「はい陛下。私はヴィクター、こちらは妻のハルでございます」

「わたくしはドルーと申します」

こういうときは、王様慣れしているヴィクターが代表者を務めてくれるのは暗黙の了解だ。

「このユニコーンを見て、どう思った」

「魔法をかけられていますね」

「ほう。わかるか。他の魔法使いはなにもわからなかったのだが」

「わかります。自分は天才魔法使いなもので」

（ひー）と思ったのは私とドルー。ドルーは実際に「ひぃ」って声に出ちゃっている。

「ほう。天才魔法使い。そんな人物が王都に住んでいたとは」

私たちをお城まで連れてきた文官さんが「陛下にご報告申し上げます」と口を開いた。

「許す」

「そちらのご夫婦は王都在住の魔法使いではなく、旅の途中だそうです」

「旅。この国の前はどこに？」

「ホルダール王国です」

そこで国王陛下が初めて私たちを見る目に何か言いたげな感情がチラリと浮かぶ。

なんだろう。ホルダールとこの国は仲が悪いんだっけ？　いいんだっけ？

そこで王様は文官さんも中庭から出して、小声で私たちに問いかけてきた。

「そうか。ホルダールから。で、このユニコーンにかけられている魔法を解くことはできるか？」

「できます。私の妻が」

王様の目が、ヴィクターから私に移る。一歩私に近寄り、私をじっと見つめて問う。

「そなた、名は何と言ったか？」

「ハル、と申します」

「闇夜のように黒い髪、ほう、瞳も黒い。初めて見たな。そなたが魔法を解けるのか？」

「はい、陛下」

「失敗は許されぬ」

「はい、陛下」

「どのくらい時間がかかるかね？」

「一分か、二分でございます」

王様、絶句。でも、本当です。

「今すぐできるのか？　魔法陣などを描くのではないか？」

「私は魔法使いではありますが、魔法を消すことしかできない魔法使いでございます。しかしながら、触れるだけで魔法を消すことができます」

「触れるだけ？　ならばぜひ、このユニコーンにかけられた魔法を解いてほしい。頼む」

「おまかせください。ここで、でしょうか」

「いや。今から皆で移動する」

ユニコーン、国王夫妻、私とヴィクター、ドルーは一階の広間に入った。陛下はわずか一人の護衛を残し、人払いをする。

「では、失礼して、ユニコーンに触れさせていただきます」

「うむ。頼む」

隣にいるドルーがダラダラと汗をかいている。冷や汗ダラダラっていうけど、本当にこんなに流れるものなんだな、と思いながら私はユニコーンに近寄る。

ユニコーンは美しい青い瞳で私をじっと見ている。私はそっと話しかけた。

「私が触れれば魔法は消えます。すぐに元の姿に戻れます。安心してください。動かないで」

コクリ、とユニコーンがうなずいた。

「汝、元の姿に戻り給え」

見ている王様にもわかりやすいように言葉を唱えながら、ユニコーンの真っ白な首に右手で触れた。

十秒ほどのタイムラグ。それからゆるゆるとユニコーンの輪郭が緩み始める。ネズミのときとは逆に、ユニコーンの身体が縮んでいく。

やがて、金色の髪に美しい青い瞳、整った顔立ちの完璧な美少女が、絹の寝間着と思われる白いストンとした服装で立っていた。

国王様と王妃様がこうして出てきている以上、この美少女は王女様なのだろう。

よりによって王女様を変身させちゃったドルーは、胸が痛いことでしょう、とドルーを見たら、顔が真っ青だ。

「ジュリエッタ！」

最初に駆け寄ったのは王妃様。続いて王様がガバッとお姫様を抱きしめた。うん。よかった。

無事解決。

　ヴィクターが国王様に向かって「では、私たちはこれで失礼いたします」と言って退出を願い出た。いや、待って。いくら王様慣れしていても、それは失礼過ぎるのでは。

「待ちなさい」

　ほらね。

　王様は自分のマントを外して王女様の肩に羽織らせる。王妃様は王女様に近づき、抱きしめている。国王様が私たちに向き直った。

「娘を助けてくれた礼がしたい。ぜひ受け取ってほしい」

「いえ、辞退いたします。ご褒美が目当てで来たわけではありませんので」

　ヴィクターの言葉を聞いた王様が私を見る。

「そなたも褒美はいらぬと申すのか？」

「はい。お金に困ってはおりません。王女様がご無事に元のお姿に戻ったので、満足しております」

　答えながら、なんだか不安に囚われる。私たちを見ている王様の目が笑っていないんだもの。なぜ国王様がこんな目つきで私たちを見るんだろう。理由はわからないけれど、この目つきは危険だ。

「褒美はいらぬ、か。そうか……」

「はい」

ヴィクターに目をやり、（こっちを見て）と念じるけど、念は通じなかった。ヴィクターは胸を張り、王様に向かって「いえ、我々はこれで失礼いたします」と繰り返している。

気づいてよヴィクター、なんだか王様が不機嫌なんだってば！

「残念だ。衛兵、その魔法使い殿たちを、あちらへ案内するように」

「はっ！」

やっぱりそうきますか。そんな気がしましたよ。私たち、役に立ったのに！

「陛下、この子は帰していただけませんか？　母親が心配するでしょうから」

「ならぬ」

王様はそう言って王女様を促してスタスタと先に行ってしまった。

（理不尽な事件でしょうから、不機嫌のやり場に困ってるだけならいいけれど）と王様の後ろ姿を見ている私の肩をポン、と叩いて、ヴィクターが耳元でささやく。

「安心しろ。何があってもハルは俺が守る。なあに、ある意味、俺は最強だからね。俺たちに害を加えようとしたら、氷魔法と火魔法と土魔法を全力で連発して……」

「ヴィクター、だめよ。やめて。そんなことをしなくても大丈夫だから。なんで王様が不機嫌なのか、私、ちょっと想像がつくの」

「想像って？　なんだい？」

私が自分の想像をこっそり耳打ちしたが、ヴィクターは「ふうん」と言うだけ。そこへ文官さんがハンカチで汗を拭き拭き、私たちに頭を下げた。

「申し訳ございませんが、ではこちらへどうぞ」

背中を丸め、目の力も失って、今にも溶けて消えそうなドルー、不機嫌なヴィクター、そして私の三人は、階段を上り、通路を曲がり、奥まった部屋に案内された。

広い部屋、大理石の白い床、金が多用されている白い家具、巨大な暖炉、たぶん高価であろう歪みの少ない窓ガラス。そんな部屋にいるのは私たち三人と王様、年配の騎士さんが一人。

王様がその衛兵さんも壁際に下がらせた。話を聞かれたくないらしい。私たちはこの部屋に入る前になって、危害を加える物をもっていないか、これでもかと身体検査をされている。ヴィクターは魔法使いだから、道具なんて使わなくても攻撃できるから、そんな検査は無駄なのだけど。

「娘を助けてくれたことを感謝する。そなたたちは、私がなぜ残念だと思っているか、わかるかね？」

「陛下、私にはわかりませんが、妻はわかるようです」

「ハル、と言ったな。わかるのか」

チラリとヴィクターを見る。ヴィクターは『安心しろ』という表情でうなずいてくれる。

「王女様が魔法でユニコーンにされたのであれば、その魔法をかけた者がいるはずです。たまたま魔法使いの私たちがこの王都にいるときにこの事件が起きました。陛下は、私たちが魔法をかけたのではないか、とお考えになったのではないでしょうか」

『ユニコーン』の部分はひときわ声を小さくした。衛兵さんたちに聞かれたくないだろうという大人の配慮ですよ、王様。

「ふむ。それで？」

「私たちがご褒美目当てで王女様に魔法をかけ、魔法を解き、褒美をもらおうという計画だったのでは、とお疑いになった。ところが私たちが褒美はいらないと申し上げたので、陛下は予想外だったのではございませんか？」

「ほう？　それで？」

「陛下が『残念だ』とおっしゃったのは、私たちが犯人ではなさそうだ、つまり、他に犯人がいる、とお考えになったからだと思いました」


怖くて手が震える。隣に天才魔法使いがいるから言えるけど、これ、普通は「口の利き方にきをつけろ、無礼者！」って鞭打ちされるレベルの失礼な発言かもしれない。

でも私、聞かれたから答えているのだし、間違ったことは言っていない。膝と手が勝手に震えるのが悔しいけど、私は王様から目を逸らさなかった。

王様が私を見る。私と王様の視線が真っ直ぐぶつかる。

怖いけど、ここで気迫負けしたら、私とヴィクターが疑われる気がして踏ん張った。

しばらく視線のぶつかり合いが続き、王様のほうが視線を外した。

「いや、申し訳なかった。ハルの言う通り、私はそなたたちの自作自演ではないかと疑った。だが褒美は不要と言うのであれば、その想像は外れだ。他に憎き犯人がいるということだ。その者をなんとしても捜し出し、悪事の報いを受けさせねば」

王様がそこまで言ったところでドアがノックされることもなく、バッと開けられた。入ってきたのはさっきの王女様だ。

王女様は早足で王様に近寄って行く。なにごとだろうと見ていたら、王女様は陛下の横に立ち、「あんまりですわ、お父様」と、ややきつい口調で言う。

「この方たちがいなければ、私は今もあの姿で草を食べて暮らさなければなりませんでした。彼らは私の命の恩人です。もてなしをするのならともかく、このように立たせたまま話をするなんて」

「ジュリエッタ、お前のことは呼んでいないぞ」

「私が来なかったら、命の恩人が悪人扱いされていたところでした！」

そこで王女様は私たちに向き直った。

「私を助けてくれてありがとう。父の無礼を許してください」

そう言って美しい所作で頭を下げる。恐縮して見ていたら、王女様はゆっくり頭を上げ、思いがけないことを言い出した。

「少し、あなたたちと話がしたいのです」

「ジュリエッタ！　勝手なことは許さんぞ」

　王女様は国王様に対して一歩も引かず、視線も逸らさない。

「お父様、逆らうことをお許しください。けれど、あの苦しみを終わりにしてくれた者たちと話をする権利くらい、私にあるとは思いませんか？」

　王女様は強かった。渋る王様を言い負かし、私たちを引き連れてご自分の部屋に連れてくることに成功した。


　今、私とヴィクターとドルーは、王女様の部屋にいる。護衛さんたちはかなり粘ったが、王女様に「下がりなさい」と言われて部屋から出て行った。

　上品なお部屋は広く、日当たりがよく、美しい。前の世界の絵本で見た『お姫様のお部屋』のイメージそのものだ。

「座って。あなたたちに聞きたいことがあるの」

　大きな白いテーブルを挟んで、私たち三人と王女様が向かい合って座る。ドルーが震えている。私はドルーに落ち着いてほしくて視線を合わせようとしているのだけど、ドルーは下を向いて震えるばかりだ。

「私、自分がユニコーンになったと理解したときから、ずっと考えていました。考えたのは『いつ、どこで、誰に魔法をかけられたのだろう』ということです。見ての通り、私はお城の中で暮らしているの。外に出られるのは年に一度か二度。それもたくさんの護衛に囲まれてね」

王女様は少しだけ自嘲的な笑みを浮かべた。

「ハルに尋ねたいことがあります。魔法使いは、遠くからでも魔法をかけられますか？」

「申し訳ございません、王女様。私は魔法を消すだけの魔法使いです。魔法に関しては、夫のヴィクターが詳しいのです」

王女様がヴィクターを見る。ヴィクターが小さくうなずいてから発言する。

「お答えいたします。魔法の種類にもよりますが、人をユニコーンに変える魔法は、あまり離れては無理かと存じます」

「そう。ではヴィクター、もうひとつ尋ねます。何か月も時間を置いてから発動する魔法はあるの？」

「何か月……いえ、少なくとも私はそのような魔法は知りません」

「だとしたら、おかしいの。私はこの半年、城の庭以外、外には一歩も出ていない。私の近くに見知らぬ者が近づいたこともない。ならばいつ、魔法をかけられたのか。ユニコーンに変えられてからひたすら考え続けて、ひとつだけ思いつくものがあったわ。それは、魔法使いが育てたという鉢植えです。ユニコーンに変わる前の日のことなの」

私の隣で、ドルーの震えが一瞬止まり、またガタガタと震え始める。どうしよう。ドルーの態度が不審過ぎる。もしあの魔法をかけた犯人がドルーと知られれば、悪意ある嘘を信じたばかりに、ドルーは処刑されてしまうのでは。

私のその心配を察したかのように、王女様がドルーに話しかける。

「そなた、名は」

「ド、ド、ドルーです」

「私がユニコーンになる前、侍女が鉢植えを買ってきてくれました。滅多に外を歩けぬ私を気遣い、『魔法使いが育てた鉢植えです』と言ってね。そしてその翌日に目が覚めたら、私はユニコーンになっていました。夜の間に姿を変えられたのです」

シン、と静まり返る室内に、ドルーの荒い呼吸の音だけが聞こえる。

「文官から、あなたは花屋だと聞きました。そして魔法使い。あなたがあの鉢植えに魔法をかけたのかしら？　だとしたら、私はあなたにどんな恨みを買ったのでしょう。知らぬうちに、私はあなたの憎しみを買うようなことをしてしまったのかしら。それを知りたいの」

視線をうつむけていたドルーが、ひたと王女様を見つめ返した。

「違います。違うんです！　王女様に恨みなんて持つはずがありません。僕は騙されたんです！」

ヴィクターが小さく舌打ちをする。私も思わず目を閉じる。こんな形で白状してしまったら、もう取り返しがつかない。ドルーと打ち合わせする時間がなかったことが心底悔やまれる。

王女様はジッと、汗を流しながら震えているドルーを見つめている。聡明そうな瞳が、ドルーに向けられたまま動かない。

「どういうことか、詳しく、正直に説明しなさい。答えによっては今の話は秘密にしますが、嘘だと判断すれば衛兵を呼びます」

「は、はい。嘘は申しません。どうか説明させてください！」

私とヴィクターが見守る中、ドルーは必死にこれまでのことを説明している。文字通り汗だくで。

ヤマネコとの出会いから身体変化魔法を使うところまで、全てを説明し終えたドルーは顔が真っ白で血の気がない。魂が抜けたような虚ろな表情で、カタカタと震えながら床を見ている。

「なるほど」

ジュリエッタ王女はドルーを見ながらそう言うと、後は黙って考え込んでいる。

ヴィクターはどうするつもりだろうとチラッと見上げると、こちらも何か考え込んでいる。視線に気がついたらしく私を見る。私は「うん」とひとつうなずいて王女様に話しかけた。

「王女殿下にお伝えしたいことがございます」

「許します」

「ドルーの言っていることは本当です。ドルーは悪質な嘘を信じてしまった愚かさはあるものの、他人に害をなそうとして魔法を使えるような人間ではありません」

「あなたはなぜそう思うの？　あなたたちはドルーと長年の付き合いがあるわけではないのでし

ょう？」

「病気の母親を養って働いているドルーが、自分と母親が処刑されるような危険を冒す理由がありません。他人に魔法をかけ、その不幸をあざ笑うような性格かどうかは、知り合ったばかりでもわかるつもりです」

「それで？」

「私はホルダール王国にいるとき、ドルーを騙したヤマネコが率いる一味に拉致監禁されたことがあります。私とヴィクターは、ドルーから話を聞いて、なんとしてもそのヤマネコを捕まえるつもりでおります」

王女様は青い瞳を真っ直ぐに私に向け、真偽を見透かそうとするように私の目を長い時間見つめている。私は緊張しながら王女様の答えを待った。

「ホルダールから脱走してきた魔法使い、ヤマネコ、ね。今の話をそのまま父上に伝えれば、父も軍部も黙ってはいないでしょう。そんな危険な人物を逃がしてしまい、ヤマネコは我が国でこんなことをしでかしたのですもの。ホルダール王国と我が国との間に、もめ事が起きかねない。私にこんなことをしたのですもの、父の怒りはホルダールに向くわ」

確かに。

「私は無事に元の姿に戻れたのだから、いまさら国同士の争いなど望まないわ。でも、ヤマネコを野放しにするのも問題ね。この国に居座られるのも不快です。少し考えさせて」

聡明そうに見えた王女様は、本当に聡明な方のようだ。ドルーの運命に光が射してきた気がする。

数分間考え込んでいた王女様が、小さくうなずいた。

「わかりました。あなたがたを信じましょう。ドルーは私を狙って魔法をかけられるような、度胸のある人間には見えないもの」

「王女様っ。ありがとう、ありがとう、ありがとうございますっ」

ドルーはもう精神的に限界なのだろう。子供みたいな泣き方で、しゃくりあげるように泣いている。それを見る王女様の表情が優しい。


「私、祖父がまだ存命のときに、多くの役に立つ話を聞かせてもらいました。冷や汗についてもね。祖父は『冷や汗を流している者をよく見極めなさい。その汗には理由があるのだ。悪事を見破られるのでは、と恐れる汗もあれば、ただただ気が小さくて汗をかく者もいる。一番気をつけるべきは、冷や汗も流さず笑みを浮かべて嘘をつくことができる人間だよ』と」

王女様が冷静で聡明な方でよかった！

「ドルーの話を信じてくださり、ありがとうございます、王女様。私とヴィクターとで、ヤマネコを捜し出し、ホルダールに送り返します」

「何かよい考えがあるの？」

「ございます」

すかさずヴィクターが言い切った。自信満々の様子だ。何かアイデアがあるらしい。

「しかしながら、少々準備が必要なのです。私とハルは、しばらくこの王都に腰を据えるつもりです。住む場所を決め次第、住所をお知らせいたします。逃げ隠れはいたしませんので、お時間をいただけないでしょうか。ただヤマネコを見つけ出すだけなら、兵士を使えば見つかるでしょうが、ヤマネコが『自分は何も知らずに本を渡しただけ』と言い出せば、罪は全部ドルーが被ることになり、ヤマネコはお咎めなしになる気がします。本を渡したことさえ、しらを切られれば、ドルーは終わりです」

「そうね。この国は、魔法のことも魔法使いのことも知識がないし、魔法を取り締まる法律もないわ。ヤマネコを捕まえても、ヴィクターの言う通り、罪を問えない。ドルーが私に魔法をかけたという事実だけが残る」

　王女様はドルーを見て、窓の外を見る。美しいお顔に憂いが漂っている。

「わかりました。ヴィクターとハルを信じましょう。私もヤマネコを無罪にはしたくない」

　私とヴィクターは一度視線を合わせ、二人同時にうなずいた。

「ありがとうございます。私とハルで、必ずヤマネコを捕まえ、ホルダールの牢獄に送り返します」

「ええ、ぜひそうしてください。お父様にはドルーのことは秘密にします。犯人はハルとヴィクターが捜してくれる、と言っておきましょう」

「王女様、ありがとうございます。それで……つかぬことをうかがいますが、侍女が買ってきたという鉢植えは今、どこにありますか。そのまま置いておけば、また魔法が発動するかもしれません」

王女は意味深な表情で私を見る。

「ああ、あの鉢植えだったら、ユニコーン姿のときに窓辺から叩き落とし、念入りに踏みつけました。侍女が片付けたので、とっくに捨てられています」

ジュリエッタ王女がにっこり笑う。

この美しい少女は、ユニコーンに姿を変えられるという非常事態でも、冷静に判断して行動していたらしい。まだ十代なのに。

感心している私に、王女様が驚くようなことを言い出した。

「あなたたちからのよい知らせを待っています。ヤマネコを捕まえたら、必ず城まで知らせてほしい。そして確かにホルダールに送り返すところまで、城の者に確認させてほしい。そうしなければ、私は毎日『またユニコーンになっていたらどうしよう』と怯えながら朝を迎えることになります。しっかり頼みますよ」

「承知いたしました。ヤマネコを捕まえ、送り返す際は、必ず知らせをお城にお届けいたします」

「頼みます」

王女様は少し疲れの滲む表情で微笑み、私たちに退室を許してくれた。

こうして私たちは王女様のお口添えのおかげで、無事にお城から出られることになった。

お城の門の外で、思わず大きなため息をつく私。よしよしと頭を撫でてくれるヴィクター。

ドルーは精神的な疲労なのだろう、足に力が入らない様子で、フラフラしながら私たちにお礼を言い続けている。

「本当にありがとうございました。僕は処刑されるのだと絶望していました」

「もういいから、帰って休みなさいよ。きっとお母さんが心配しているわ」

「はい、はい。では失礼します。ありがとうございました」

ドルーを見送り、私たちはホテルへと戻る。

「ヴィクター、これからどうしようか」

ヴィクターが厳しい表情で私を見る。

「俺はヤマネコを捕まえる魔法を考えたい。それと並行して、この本に書いてある身体変化魔法の研究もしたい。ハルはどうしたい？」

「私はホテルを出てどこか自分たちの家を借りたい。ホテル暮らしはどうも落ち着かないもの」

「よし、じゃあ、まずは住む場所を探そう」

翌日、私たちはいくつか商会を回り、小さな家を契約してからホテルを出た。エイダさんも一緒にホテルを出ると言う。

「あなたたちは私の命の恩人です。どうかこれからもお付き合いをさせてくださいな。私の家に、いつでも遊びにきてくださいね。精一杯のおもてなしをさせてほしいの」

「嬉しいです。エイダさん、こちらこそ仲よくしてください」

新しい住まいは王都の中心部から外れた静かな住宅街。可愛らしい一軒家だ。

その新居で、ヴィクターは夢中になって身体変化魔法の本を読み、紙にびっしりと文字を書き込み、ブツブツと独り言をつぶやいている。たまにニヤッと笑っている。楽しそうだ。

ヴィクターが一人で夜中まで研究していて心配になるけれど、私が途中で邪魔をしてはまずいだろうと、部屋には入らず、そっとしておくことにした。

◇◇◇

私は今、市場で買い物をしながら、使えそうな食材を山盛りに買い込んでいる。こちらの世界の貸し家は全部家具付きなのが助かる。食材さえ買えばその日から暮らせるんだもの。

「ハル、ずいぶん張り切っているね」

「だって、この国に来てから働くのは初めてじゃない？　腕が鳴るの」

「働いているじゃないか。ハルはみんなのためにたっぷり働いていたさ」

「そうだけど。ホテルのネズミ事件のときは、やらねば！　って切羽詰まって動いていただけだから。手で触れるだけの仕事だったし。屋台の食べ物商売は別物なの。楽しく笑顔で働けるもの」

「確かにな。ハルは屋台で食べ物を売っているとき、本当に楽しそうだ」

そんなやり取りをしながら新しい我が家に帰り、今は自宅でカスタードクリームを作っている。この国で生きていく生活の基盤である屋台の仕事は、私の気力をもたらしてくれる大切な作業だからね。

卵に小麦粉に蜂蜜に牛乳。バニラビーンズがなくても、新鮮な卵とミルクのおかげで美味しくできるはず。

鍋の中のクリームをかき回していたら、匂いにつられたヴィクターがやってきた。今まで魔法書に取り組んでいたのだろう。「いい匂いだな」と言いながらスプーンを持って味見をしたそうに私の後ろでウロウロしている。

「味見してみる？」

「うん！」

長身のヴィクターが嬉しそうにうなずく様は可愛い。魔法オタクで厄介なこともあるけど、こういう姿は何回見ても微笑ましい。

「アッツアツだからね。ふうふうしてね」

「ふうふうって。子供じゃないんだから……ってアッツッ！」

「だから言ったのに。もう」

ヴィクターは慌てて水を飲んでいる。

「これ、美味しいな。甘くて滑らかで香りがよくて。これをどうやって売るんだい？」

「そこなのよ。小麦粉と卵の薄い生地で包んでもいいし、パンにたっぷり塗って挟んで売ってもいいわよねえ。食べ応えと腹持ちのよさを考えたら、バターで焼いたパンで挟んでもいいかもね」


二人で味見しながらあれこれ考える。この国に来てからずっとドルーの使った魔法のことで走り回っていた感じ。こういう時間でリフレッシュしないとね。

あまり手間をかけずに売る方法……やはりここはカスタードホットサンドを売るかな。

「バターで焼いたカスタードホットサンドを紙代わりのパタの葉っぱで巻いて売れば、お客さんの手も汚れない。うん、これはいける！」

深夜まで二人でやいのやいのと騒ぎながら、カスタードホットサンドを試作した。パタの葉はこちらの世界では紙の代わりに使われている大きな柔らかい葉っぱだ。ホルダールでも使われていたし、この国の市場で売っているのも確認済み。


夜、試作品の味見で満腹し、心地よい疲れと共にベッドに横になった。ヴィクターと並んでベッドでおしゃべりをする。

「ヴィクター、ドルーは大丈夫かしらね」

「ドルーは魔法使いとして優れた才能があるんだが、この国には魔法の指導者がいないだろう？

もったいない。あいつは、もっともっと力を発揮できるはずなんだ。だけど一人じゃ、今以上のことは無理だろうなぁ。せめて植物魔法の本を読ませたいんだが。この国には魔法の指導書は流通していないみたいでね。ずっとそれを考えていた」

「ドルーのこと、気になるのね？」

「ああ。俺は魔法の才能と魔力量を見込まれて城に雇われたんだが、城に入ってから、先輩の魔法使いに色々教わった。ドルーはそういう経験ができないだろう？　俺がずっとつきっきりで教えてやるわけにはいかないからな。この国にいつまで住んでいるかもわからないし」

「ポーリーンさんに頼んでみようか？　レスター王国とホルダール王国を往復している商人もいるはずだし。時間がかかっても、本を取り寄せられるんじゃない？」

「そのことなんだけど、俺の召喚魔法を応用して、ポーリーンに代金を送って、本を用意してもらって、またこっちに運べないか試したいんだ」

「なるほど。そういう使い方があったか。それができたら、召喚魔法の可能性を大いに広げるわね。ねえヴィクター、その方法で、ヤマネコを召喚できたらいいのにね」

少し間を置いて、ヴィクターがハッとした顔になる。それから真剣な表情になり、ブツブツ言い始めた。何事だろう。

「俺の奥さんは天才だ！　そうだよ。召喚魔法を使ってヤマネコを捕まえることができれば、これはもう、大変な発明だよ。新しい召喚魔法の可能性が生まれるよ！　召喚魔法は、なにも異世界から聖女を呼ぶだけじゃないよな！」

「まあまあ、落ち着いて。ただ、使い方によっては、誘拐も簡単にできるよね。敵国の国王を呼び寄せることもできるわけじゃない？」

「ああ、うん。確かに。大っぴらに広めなければいいさ。そうだ、召喚魔法だ。これほど便利なことはない。しかも俺の専門分野」

身体変化魔法の研究に夢中だったヴィクターは、翌日から、召喚魔法の新たな道を探るのに夢中になった。魔法のことで協力できない私は、カスタードクリームの可能性を広げることに挑戦している。家の中でヴィクターの研究が終わるのをじっと待っているなんて、私の性に合わない。せっせとカスタードクリームを作った料理を試している。


ヴィクターはヤマネコの召喚を目標に、徹底して魔法の研究に取り組んでいる。最初は小さな物を近くから運ぶことに挑戦していた。狙った場所に硬貨を移動させるのはすぐできた。いわゆるテレポーテーション。

今は本を移動させることに夢中だ。

「やっぱりヴィクターは本物の天才だったのね」

「今ごろ気づいたか」

「まさかこんな短期間に物を瞬間移動させられるとは思わなかったのよ。これ、私がいた世界ではは超能力とかテレポーテーションって言われていたわ」

「超能力。へえ。不思議だな。魔法がない世界なのに、概念はあるんだね」

「そうね。ヴィクターがあっちの世界に行ったら、世界中で有名になるわ」

「いや……それはいいかな。ハルを見ていて思ったけど、有名になるのは苦労が多そうだ」

「確かに」


そんなある日、ついに！　ヴィクターは手紙とお金をポーリーンさんの家に送ることに成功した。

夜、一人で部屋にこもっていたヴィクターが、「やった！」と大きな声を出しながら寝室に駆け込んできた。

「ハル、成功した。依頼の手紙とお金をポーリーンのところに送り届けることができた」

「おめでとう。でも、どうなったら成功ってわかるの？　向こうに届いたかどうか、わからないんでしょ？」

「それがわかるんだよ。自分が発動した魔法が成功したか失敗したか、魔法を発動させた側は感じるんだ」

「ほほう」

「だからハルを召喚したときも、俺は自信があったね！」

「そ、そうですか」

ヴィクターの鼻息が荒い。そういえば昔、映画を観ていたときに、猟師が猟銃で獲物を狙って撃って、『手ごたえがあった』と言っている場面があった。『発射した猟銃の弾の手ごたえって、どういうこと？』と思ったけど、あれは本当だったのか。

「本はね、以前、ハルの故郷に果物と手紙を送れたから、これはできる自信があったんだ。問題は、手紙を読んだポーリーンが本を用意してからだ。本を確実にこっちに移動させられるかが、最初の壁だよ」

「私、ヴィクターならできると思う。だって、あなたは天才だもの。別の世界から私という人間を、ちゃんと生きたまま、無事にこの世界に移動させることができたじゃないの。あれを思ったら、同じ世界の中で本を移動させるのなんて、簡単だろうなって思うの」

「ま、まあな。簡単ではないけどな」

ヴィクターはちょっと赤くなっている。

「ただね。心配はしているの。私を召喚したときに、ヴィクターはまともに魔法が使えなくなるくらい消耗したでしょう？　その心配はないの？」

「ない」

「あら。なぜ断言できるの？」

「君の言う通り、同じ世界の物を移動させるだけだし、本は小さいし、生きてないからね」

「確かに。私、手足も取れずに別の世界に無事に移動できたものね。それを思ったら物の移動は安心か。でも、無理はしないでね」

「ああ。可愛い妻が悲しむようなことはしないさ」

いきなり甘い爆弾を落とされて、恥ずかしくて両頬を手で包み隠したくなる。

「くっ！　真顔でそんな甘いセリフを」

「い、いや、甘いセリフじゃない。これは本心だから」


照れているヴィクターを見ながら願うこと。それは身体を壊さないでほしいということだけだ。私の治癒魔法があったとしても、ヴィクターが苦しむ姿は見たくない。

さあ、ヴィクターが転移魔法を成功させれば、その先にはヤマネコの召喚と確保が待っている。多くの宿泊客を恐怖に陥れ、王女をユニコーンに変えてしまったドルーの恐怖と苦悩を知ることもなく、ヤマネコは今ものうのうとしているだろう。あんな罪深い魔法をそそのかしたヤマネコを、そのまま放置するわけにはいかない。

十七歳の少年を悪意たっぷりにそそのかし、騙したツケは払ってもらおう。

私の大事な旦那様がネズミになったのだって、元はと言えばヤマネコだからね。そっちのツケも払ってもらおうじゃないか。

◇◇◇　ヤマネコサイド　◇◇◇

ヤマネコはレスター王国の安宿から窓の外を見上げて考え込んでいる。

「このままコソコソ暮らすのは性に合わない。この国でも、不満を抱えている若い連中はいるはず。そいつらを集めて組織を作って……そうね、偉そうに威張っている連中から、金目の物を奪い取るのも面白いかもね。それを仲間で分配して……」

ホルダール王国で若い仲間を集めて組織を作り、計画を立てて人を動かしていた日々を思い出す。

『今、生きている』という手ごたえのある日々だった。

「またあんなふうに、目的に向かって集団で突っ走りたいわね」

安宿の周囲に、昼間からフラフラしている若者が結構いるのは確認済みだ。

「あいつらを集めて鍛えて、使えるようにしたら……金持ちを襲ってやろうか」

ヤマネコがにんまりと笑う。

「山賊の親分みたいな暮らし、楽しいかもね」

第五章 ★ 召喚魔法の応用

北の国レスター王国の秋は短く、冬の訪れは早い。

今日は雪がちらつく中、エイダさんが我が家に遊びに来ている。エイダさんとはあのネズミ事件以降、ずっと仲よくしていて、私はとても可愛がってもらっている。

エイダさんは私の母の年齢に近いので、私はなんとなく母親に甘えるような気持ちで仲よくしている。

今、私たちは我が家の居間で、カスタードホットサンドとエイダさんが持ってきてくれたクッキーでお茶を楽しんでいるところだ。

ヴィクターは転移魔法の研究に没頭しているが、エイダさんが来てくれたので顔を出してくれている。

「さすがに北の国は寒いわね」

「そうだな。ホルダール王国が温暖な国だったこと、この国に来てよくわかったよ」

ヴィクターの言葉にエイダさんが笑う。

「ほほほ。だからこそ、この国の人は編み物が好きなのよ。この国ではね、ふっくら温かいセーターとマフラー、手袋は欠かせないの。だから、ほら」

エイダさんが私に手袋を渡してくれた。

「私をあの悪夢から救ってくれたお礼よ」

ヴィクターの髪の色と同じ柔らかい茶色の手袋だ。

「大変な手間だったでしょうに、ありがとうございます。大切に使います」

どの国にも優しい人がいる。どの世界にもこういうあたたかな出会いがある。

その日から、私はエイダさんの編んでくれた手袋を大切に使っている。


暖炉の暖かさが欠かせなくなったある日の夜。私は家の居間で、ドルーが手土産として先ほど持ってきてくれた鉢植えを眺めている。もちろんこの鉢植えに身体変化の魔法はかかっていない。

鉢植えは、私が前の世界で育てたこともあるミニバラにそっくりだ。

「ドルー、この鉢植え、こんなに寒い時期なのに花が咲いているのね」

「はい。僕の植物魔法で寒さに耐えられるように育てました。ただ、花の種を取って蒔いても、挿し木をしても、性質は引き継がれないのです」

「買った人が同じ性質のものを増やせないわけでしょう？　それならあなたの育てたミニバラを買うしかないから、長く需要が見込めるわね。つぼみは白っぽいけど、お花も白いの？」

「いいえ」

私の記憶の中ではいつも怯えて暗い表情だったドルーが、珍しく誇らしげな笑顔になった。

「成長を早める魔法でいくつか咲かせてみましたが、ピンク、黄色、白の三種類が咲きます」

「どれが咲くかはお楽しみなの？」

「はい」

「冬に咲く鉢植えなんて貴重だから、人気が出そうね。お母さんもお元気？」

「そうだ！　そのお礼を言いに来たんでした！　母はハルさんに背中をさすってもらった日から、元気になったんです。奇跡のように調子がよくなって、家事も苗木の世話もできるくらい元気なんです。母が『ハルさんはまるで聖女様ね』って喜んでいます。ハルさん、本当にありがとうございました」

「そう、効き目があったのならよかったわ。聖女なんて大げさなものじゃないけど、よかったよかった」

　ドルーは私が「どうぞ」と差し出したお茶とカスタードホットサンドを口にして、「んんっ！」と目を丸くしている。そういう表情をすると、十七歳の少年らしく見える。

　そんなドルーに、今日は私とヴィクターから伝えたいことがある。


「お前に話があるんだ、ドルー」

　そこまでほとんど口を開かなかったヴィクターが話し始める。その様子に、ドルーは手に持っていたカスタードホットサンドをお皿に置いて姿勢を正した。

「なんでしょうか」

「お前のために本を取り寄せた。これだよ」

　本のタイトルは『植物魔法大全』。私が知っている日本の百科事典よりも分厚い。厚さは十二センチくらいもある。

「こんな本があるんですね。こういう魔法の本があることは祖父から聞いていましたが」

「この国に魔法使いはほとんどいないから、この手の本が流通していないことは確認済みだよ。これをあげよう」

「えっ、いいんですか？　僕なんかがこんな貴重な本をいただいても」

「ああ。そのためにホルダール王国から取り寄せた。その本に書かれている植物魔法を全部身につければ、必ずこの国に必要とされる植物魔法使いになれる」

「ヴィクターさん……ありがとうございます！　僕、頑張ります！」

「それとは別に、確認してほしいことがある。あの身体変化魔法の本を渡した人物の、顔を覚えているかい？」

「はい。茶色の髪の、二十代くらいの女性です。ちょっと目が吊り上がった感じの」

「もう一度顔を見たら、その人物かどうか、わかるかい？」

「もちろんです。あのう、その人の居場所がわかったんですか？」

「ああ。これからここに連れて来ようと思う」

「えっ？　これから？」

「そうだよ。さあドルー、俺について来てくれ」

そう言うとヴィクターはドルーを引き連れて二階の空き部屋に入った。

二階の一室は、ヴィクターの召喚魔法のために、荷物は全部動かしてある。

空っぽの部屋の床には、白い絵の具でぎっしりと様々な模様が描き込まれている。一番外側には二重に円。円と円との間には、この世界の古代文字で『位置の特定』『対象固定』『移動』『召喚』等々がびっしり書いてある。内側の円の中には複雑に線が引かれ、その線に沿って、これまた細かく召喚に必要とされる魔法の呪文が描き込んである。

円の中に引かれた線は、離れて眺めると十六個のトゲを持つ金平糖のように見える。


「ヴィクターさん、これって」

「召喚用の魔法陣だ。これからそのヤマネコを召喚する。今までごまかしていたが、俺は召喚魔法使いなんだよ」

「ええと、召喚魔法使いって、ホルダール王国でも数人しかいないと言われている、あの？」

「そうだ。主に異世界から聖女を召喚するときに仕事をする魔法使いだね」

ドルーはそれを聞いて、「それなら……」と言いつつ私をゆっくりと振り返る。

私は笑顔でうなずき、長袖を少しめくって見せる。私の腕には植物画のようなツタ模様が白く描かれている。

「これ、ホルダールで魔力溜まりから落ちてくる魔力を引き受けたときにできた模様よ」

ドルーの視線が、私の腕の白い模様に釘付けになっている。

「ハルさんは、あの大災害を防いだ聖女様だったんですか」

「そうね、ホルダールではそう言われていたわね」

苦笑しながらうなずいた。ドルーが思わずといった様子で一歩下がった。

「そんなすごいお二人に、僕、普通の言葉遣いでしゃべったりして、本当にご無礼を」

「違う違う。そういう意味で教えたんじゃないの。それでね、これからあなたが見ることを、誰にも話さないと約束してほしいの。私たちは騒がれたくなくて、この国に引っ越して来たんだから」

「もちろんです！　誰にもなにも口外しません」

「約束だよ、ドルー。そして今から俺が召喚する人物が、間違いなくあの本を渡した人物かどうか、確認してくれ」

「わかりました。お任せください！」

「ハル、そろそろ始める」

ヴィクターの声を聞いて、私はドルーと一緒に部屋の隅に移動した。私が近くにいれば、ヴィクターの召喚魔法を消してしまうからだ。

「では」

ヴィクターはそう言うと、魔法陣のギリギリ近い場所に立った。

長袖をまくり上げ、両手を胸の前でパン！　と合わせた。そのまま目を閉じて魔法の呪文を唱え始める。低い声でつぶやかれるヴィクターの言葉は聞き取れない。

いつもの穏やかな雰囲気は消え失せ、厳しい表情になった。少しずつその全身から光が放たれ始める。

（……これは絶対に邪魔しちゃだめだわ。途中で止めたら大変なことになりそう）

私とドルーは息を殺してヴィクターを見つめている。

どこで息継ぎをしているのかわからないような、長い呪文が続いている。そのうちヴィクターの周囲にだけ風が吹き始めた。

風に煽られて、ヴィクターの長い茶色の髪がまるで生きているように様々な方向に動く。ヴィクターの身体から放たれる光はますます明るくなり、今はもう眩しくて直視できないくらいだ。

初めて見た召喚魔法は、怖いぐらいの迫力がある。

（ヴィクター。召喚魔法って、こんなにエネルギーを使うものだったの？　私ったら、『ヴィクターならできるわよ』なんて気軽に言ってしまった。どうしよう。またヴィクターが倒れたら）

不安が胸に渦を巻く。私はヴィクターから目を離すことができないまま、光を放つ彼を見つめ続けている。


どのくらいの時間がたったろうか。

ヴィクターの身体の光は少しずつ弱くなり、それと引き換えのように魔法陣の中の金平糖みたいなトゲトゲ模様が光り始めた。ヴィクターの身体の光を吸い取るように、トゲトゲは眩しさを増していく。

ヴィクターの身体の光が完全に消えたとき、トゲトゲの中に人の形が現れた。

私の隣にいるドルーから「ヒュッ」と息を吸う音が聞こえた。私は、ヴィクターと魔法陣に釘付けになっていた視線を引き剝がしてドルーを見た。

ドルーは怯えた表情でヴィクターと魔法陣を交互に見ている。私は心配になって、ドルーの手を取った。

ドルーが（え？　なんですか？）という顔で私を見る。私は（大丈夫よ）という気持ちを込めてうなずいた。本当は私も不安でたまらないのだけれど。

ドサッ！

音を立てて、女の人が魔法陣の中で崩れ落ちた。

「痛ったぁ。なによこれ」

赤みの強い茶色の長い髪。吊り上がり気味の大きな目。服装は地味なズボンと茶色のシャツ。

崩れ落ちた人は、やっぱりヤマネコだった。私を監禁していたときは顔を見せなかったけれど、声でわかる。聞き覚えのある独特のハスキーボイス。間違いない。

ホルダール王国で私を拉致監禁した反乱魔法使いグループのリーダー、ヤマネコ。捕まえた。

召喚魔法を発動し終えたヴィクターは、顎から汗をポタポタと滴らせ、肩で息をしている。

ドルーは一歩、また一歩とヤマネコに歩み寄る。そして、手をついて横座りしているヤマネコの腕をつかんだ。

「あんた、あんたはなぜ僕にあんなことをさせた？　自分には使えない魔法の本だ、宝の持ち腐れだからくれるって言ってたけど、それ、本当か？」

だがヤマネコはドルーの言葉を聞いていない様子。

「うう、気持ち悪い。なに？　何が起きたの？」

「こんにちは。ヤマネコさん。久しぶりね。私を拉致監禁して以来よね」

拉致監禁という言葉を聞いたドルーがハッとしている。そう、この人はそういうことをする人なんだからね、ドルー。


ヤマネコは私の声を聞くと、ゆっくり顔を上げて私を見上げた。

「ああ、あんた。ったく。会いたくない人ほど顔を合わせるっていうの、本当ね。なんなの、これ。魔法陣？　あんた、私に何をしたのよ。あんた、魔力がなかったはずよね？」

ヴィクターがヤマネコの背後から声をかける。

「お前を呼び寄せたのは俺だよ、ヤマネコ。お前、ホルダール王国の牢屋にいるはずだよな。なんでこの国にいるんだ？」

そう言われてヤマネコは眉根を寄せてヴィクターを見た。

「は？　あんた誰よ。私がどこにいようが、あんたには関係ないでしょ？」

ヤマネコはヴィクターを知らないものね。

「関係あるんだよ。お前はホルダールでハルを誘拐した上に、この少年に禁術が書かれた本を渡していいるからな」

「本？　さあ、どうだったかしら。忘れたわ」

「僕に本を渡したのは、間違いなくこの人です！」

ドルーにそう言い切られて、ヤマネコはしらばっくれる作戦は諦めたらしい。

「ああ、あんたあのときの。せっかく素晴らしい贈り物をしてやったのに。恩を仇で返すつもり？」

ドルーの目に怒りが生まれたのを見て、私は急いで彼の腕をつかんだ。

「ドルー、ヤマネコの言葉をまともに聞いちゃだめ」

だけど、ドルーの怒りは収まらない。

「あの本には魔法の解き方がなかった。自分の間違いに気づいても、元に戻すことができなかったんだ。あんなの、贈り物じゃない。災いじゃないか」

「へえ。災いだろうがなんだろうが、使いたいと思って使ったのは自分だろう？　それを私のせいだって言うつもり？　この卑怯者」

ドルーが怯んだのを見て、我慢できずに割り込んだ。

「そうね、ドルーにも責任がある。だけどね、身体変化魔法について何も知らない十七歳の少年に悪事をそそのかした大人には、もっと大きな責任があるわ。ドルーはもしかしたら死罪になっていたかもしれないのよ？」

ヤマネコは一瞬だけ驚いたような顔をしたけれど、すぐに不敵な表情を取り戻した。

「へえ。じゃあなんで生きてるの？」

「私たち、王女様と取引したの。ドルーを騙した本当の犯人を捕まえますから許してください、ってね」

「あんたが？　王女様と？　嘘をつくんじゃないわよ」

「本当よ」

私はゆっくり笑って、ヴィクターに向かってうなずいた。ヤマネコは素早く立ち上がって視線を辺りに向けた。逃げるつもりらしい。


「氷の牢獄《アイスプリズン》」

ヴィクターが鋭くそう唱えると、ひと抱えもありそうな氷の柱がヤマネコを取り囲んだ。氷柱は天井まで届いている。天井と床をギチッとつないだ氷柱と氷柱の間隔は、十センチほどしか開いていない。どうやっても人間は通れないし、氷は見るからに硬そうだ。

「身体強化！」

ヤマネコはそう唱え、十本の指を曲げた。十本の指の爪がスッと黒く長くなった。ヤマネコはその黒い爪でガシュッ！　と氷柱をひっかいて砕こうとしたけれど、氷にわずかな傷もつかず、削れることはない。爪は普通の人間の爪に戻っている。

なぜなら私がこっそりヤマネコの背後で氷柱の間から手を入れ、ヤマネコの身体強化魔法を消しているんだもの。

「そんなっ！　なんでっ！」

ホルダール王国で膨大な量の魔力を受け止めてきた私には、ヤマネコ一人分の魔力なんて、なんということもない。ヤマネコが身体強化で氷を削ろうとしても、その魔法の力は、全部私の身体を通って床へと逃げていく。

「なんでっ！　どうしてよっ！」

「ああ、あなたは知らないのね、私がどんな能力を持っているか。私ね、ありとあらゆる魔法を吸い取って放出してしまう力があるの。ご愁傷様」

「はっ？　魔力なしのあんたにそんなことができるものか！」

ヤマネコは諦めずに氷柱を削ろうとしている。無駄なのに。

やがてヤマネコは床にへたり込んだ。それを見るヴィクターの表情が冷たい。

「これで終わりか？　じゃあ、そろそろお前に魔法をかけないとな」

「なによっ！　何の魔法をかけるっていうのよっ！」

「ネズミになってみればいい。俺もなった。お前も経験してみろよ。なかなか楽しいぞ」

ネズミと聞いてヤマネコが怯えを見せる。

「いや、嫌よっ！　ネズミなんて絶対に嫌っ！」

「へえ、そうなの？　じゃあ取引に応じる？　あの禁書の破った部分、あなたが持っているんでしょう？　それを差し出したら人間のままホルダールに送ってあげるわよ。断るならネズミに変えて外に放り出すから」

「そんな……」

「外は寒いわよ？　ネズミになっちゃうと魔法も使えないんですって。外には猫も犬もいるわ。ああ、人間もネズミは大嫌いよね。叩き潰されないように気をつけてね」

そう言って私はドルーが持ってきた鉢植えのミニバラを持ってきて見せた。これは身体変化魔法を仕込んでいない普通の鉢植えだけれど、ヤマネコは知らないわけだしね。

「この花があなたをネズミに変えるの。さあ、ネズミの世界を楽しんで」

ヤマネコは植木鉢の花から逃げようとして、背中が氷柱にぶつかるまで後ろに下がる。

「言う！　破り取ったページの隠し場所を言うからっ！　やめてよっ！」

◇　◇　◇

ヤマネコが白状したところによると、切り取ったページの隠し場所は、安宿の一室の引き出しの中らしい。

「白状したからネズミには変身させるのは勘弁してやるか。ただし、白状した場所に切り取った部分がなかったら、ネズミどころかゴミムシに変えてやる」

　ヴィクターの言葉にヤマネコが甲高い声で答える。

「ちゃんとあるから！　やめてよっ！」

　叫んでいるヤマネコを無視して、私とヴィクターはのんびり話し合った。

「でもヴィクター、氷はこのままにしていたら溶けちゃうわよ。どうする？　ヤマネコをずっと監禁するには、氷が溶けないよう、魔法をかけ続けなきゃならないわ」

「それも厄介だな。では、『熟睡《ディープスリープ》』」

　ヴィクターは魔法をかけるような仕草すら見せず、いきなり魔法を発動した。ヤマネコはスッと瞼を閉じ、ズルズルと床に崩れ落ちる。そしてそのままスースーと寝息を立て始めた。

「さすがです、師匠。いろんな種類の魔法を思いのままなんですね」

　感心しているドルーの言葉に、ヴィクターは全然照れるそぶりがない。それもさすがだ。

「まあな。ドルー、まずは切り取られたページを見つけなくては」

「師匠。それにハルさん。この人を捕まえてくれて、ありがとうございます。お二人がいなかったら、僕、間違いなく死刑になっていました」

　ドルーはまた死刑の恐怖を思い出したのか、ブルッと身を震わせる。

「十三年ぶりに睡眠魔法を使ったけど、さすがは俺。完璧だな」

　ヴィクターは満足げにヤマネコを見下ろしながら自画自賛を始めた。

「十三年？　最後に使ったのがずいぶん昔なのね。それって、王城の召喚師になる前？」

「召喚師になった日だね。少年の俺が名誉ある召喚師になったのを妬んで、なんだかんだ不愉快なことを言うへっぽこ魔法使いがいたんだ。だからその場で眠らせた」

「うわあ……。ブレントさんがすごく怒りそう」

「う、うん。罰は受けたよ。ブレントに怒られて吸廃魔法使いに魔力を吸い出された。三日間は動けなくなった」

思わず笑ってしまう。ヴィクターは気まずそうだ。

「ところでヴィクター、ヤマネコはいつまで眠っているの？」

「俺が魔法を解くまでさ。なにしろ天才魔法使いの魔法だからな」

「そうなのね。ちゃんと魔法は解除してね。こんな人だけど、このまま衰弱死されたら後味が悪過ぎるもの」

「大丈夫だ。あちらに送るときは魔法を解除する」

ヴィクターが出した氷柱は、私が触れて消した。私の魔法を消す能力は、こういうときにも、とても便利だ。

「これでよし。じゃあ俺が夜にでも、こっそりと切り取られたページを取りに行ってくる」

「どうやって？　あなたが行っても部屋に入れないでしょう？　警備隊に頼むの？」

「警備隊に頼むわけにはいかないよ。ヤマネコのやったことを説明するには、ドルーがやったことまで説明しなきゃならない。せっかく王女が温情ある判断をしてくれたんだ。それを全部無駄にするわけにはいかないさ」

「じゃ、どうするつもりなの？」

「もうすぐわかる」

ヴィクターはなにやらもったいぶった様子でニヤニヤしている。私はとても嫌な予感がしてならない。彼がよからぬことを企んでいるってことだけはわかるんだもの。


「師匠、切り取られたページを取りに行くなら、僕も行きます。元はと言えば僕がヤマネコを信じたことがきっかけなんですから」

「いや、それはいい。お前がいると逆に面倒になる。俺に任せろ」

ドルーはしゅんとしたが、私もヴィクターだけのほうがいいと思う。絶対にヴィクターは何かやらかそうとしている気がするから、ドルーを巻き込みたくない。


私はすぐにジュリエッタ王女に手紙を書き、ヴィクターが魔法を使って手紙を送った。

『お話ししたヤマネコを捕えました。今、我が家にいます。我々はヤマネコをホルダール王国に送り返し、罪を償わせたいと思っています』

ヴィクターが手紙を送った後は返事を待つのみ。

「どうなるかしら。あの王女様が死刑を望むとは思えないんだけど、こっちの世界では死刑なんて普通なのよね？」

「王族相手に危害を加えたら、たいていは死刑だな。だがこの国は俺が知る限り、魔法使いを死刑にしたことはないと思う。吸廃魔法使いがいない国で、魔法使いを牢獄に入れておくのも処刑するのも大変だしね。あの王様はどう判断するかな」

しばらくして、年配の騎士が一人、やって来た。対応に出た私に、騎士さんが簡潔に応える。

「陛下のご指示で参りました」

「国王陛下はなんとおっしゃっていましたか？　我々がお城に行ったときは、犯人を処刑したい、という趣旨のご発言をなさっていましたが」

「ええ。陛下は犯人の処分をお望みでしたが、ジュリエッタ王女殿下はその者を簡単に殺さず、元のホルダ・ール王国の牢獄に戻すことを希望なさいました。これが王女殿下からのお手紙です」

そう言って渡されたジュリエッタ王女の手紙を、二人で読む。

『父にユニコーン事件のことを全て話しました。ハルとヴィクターの意見も伝えました。父はヤマネコを処刑すべしという意見でしたが、私が父を説得しました。悪意ある行為ではありますが、本を渡しただけのヤマネコを死刑にすれば、ドルーもまた重い処罰を受けることになるからです。

私はヤマネコを、元の牢獄へ送り返すことを希望します。

父には、ホルダールに貸しを作ればいいのだと説得しました。ヤマネコをホルダールに移送する際は、我が国の騎士を護衛につかせます。

ドルーへの罰については、私の意見を受け入れ、ドルーを許してくれるそうです。ただし、条件がつきました。王城に花を定期的に納めよとのことです』

　私が読み終わるのを待っていた騎士さんが質問する。

「魔法使い様、その者をホルダールに送り届けるのはいつになさいますか？」

「私の夫が魔法でヤマネコを送ります。送るのは明日になります。確認したいことがありますので。王女様には承知しましたとお伝えください。それと、あなたは明日のこの時間に来てください。ヤマネコを魔法でホルダールに送り届ける場面に立ち会ってほしいのです」

「承知しました」

　騎士さんが帰り、私はホッとして力が抜けた。

「よかった。さすがに処刑は気が重いもの。それにしても王女様はやり手ね」

「十五、六歳でこの判断ができるのはすごいよ。自分が被害に遭ったのに、それを国同士の交渉の材料にしようとするなんて、なかなかできることじゃない」

「ヤマネコはどうするの？」

「その件はもうポーリーンに連絡済みだ。ポーリーンに手紙を送って、ヤマネコを捕まえたことを知らせてある。あちらの準備が整ったことをポーリーンからの手紙で確認次第、王城の牢屋にヤマネコを送る手はずになっている。ヤマネコを送れば、俺たちがこの国にいることは知られてしまうが、なに、この国の中で姿を消す方法なんていくらだってある」

「そうなの？　大丈夫なの？」

「ああ、ハルの世界では『木を隠すなら森の中』って言うんだろ？　別の大きな街へ行けばいいさ」

その夜、ヴィクターはやたらご機嫌だった。

翌朝、目が覚めるとヴィクターはネズミになっていた。

昨日ニヤニヤしていたのはこれか、と私は脱力してしまう。

「なんでよ、ヴィクター」

ヴィクターネズミは、私に潰されないように気をつけているのだろう、部屋の隅にいる。

そこで落ち着いた感じで朝食を食べている。ちゃんと少しずつ食べ物を小皿に盛りつけてある

ところが余計腹が立つ。

うん、そんな予感があった。それだけに結構腹が立つ。

「ヴィクター、いったいどうやったわけ？　あの鉢植えはもう燃やしたでしょうに」

「キッ！　キィキィ！　キキー！」

ヴィクターネズミが身振り手振りでテーブルを指さす。見てみると、ベッドサイドのテーブルに手紙が置いてある。

『身体変化魔法大全を熟読して、自分でもこの魔法を使えると確信した。なので自分の身体で試してみたよ。他の人で試すわけにはいかないだろう？　それに、君が起きているときだと、絶対

に反対されると思ったんだ。だから君が寝ているときに試したよ。

ネズミの姿で切り取られたページを取りに行くよ。ヤマネコが教えた宿屋の近くまで行ったら、クロを出してほしい。それで全て上手くいく。

ハルがいれば魔法の解除はできるんだから、心配しないでいいよ。　ヴィクター』

「心配はするでしょうよ。不安定な魔法だから禁止されたって、自分で言ってたわよね？　信じられない。そもそも王様もこの件をご存じの今なら、ネズミの姿でコソコソ行く必要がなかったでしょうに。騎士さんたちと一緒に堂々と切り取られたページを取りに行けたわよね？」

「キィ」

「キィ、じゃないわよ。ただそれを試したかったんでしょう？　わかってるわよ。魔法オタクにもほどがあるって」

「キィィ……」

たぶん私はすごく怖い顔をしているんだと思う。ヴィクターネズミが、みるみるしょんぼりした。背中を丸め、ヒゲもしなっと下を向いている。

「まあ、魔法をかけちゃったものは、いまさら怒っても仕方がないわね」

「キッ！」

「何を言っても今更ね。仕方ない、さっさと切り取られた部分を取り戻しに行きましょうか」

「キッ！」

本当はめちゃくちゃ腹が立ってもいるんだけどね。長身で美しい容姿のヴィクターが、この冴えない小さなネズミになっているのを見ていると、脱力しちゃって本気で怒る気にはなれず、笑ってしまう。

ヴィクターネズミ、絶対にそれをわかっていて「キッキキッキ」言っているんだと思う。しかもやたら可愛い感じに上目遣いをしてくるし。

「妻に内緒でこんなことをしたんだから、後でしっかり反省をしてもらいます！」

「キ……」

とたんにピンと戻っていた長いヒゲが再びタランと垂れる。その様子を見て、我慢できずに吹き出してしまった。

ヒゲがタランとなっているヴィクターネズミには、肩掛けカバンに自分で入ってもらう。私が触ると人間に戻ってしまうもの。

私とカバンに入ったヴィクターは、ヤマネコが白状した安宿に向かう。まだ早朝だから人が少ない。王都の街をサクサク進み、安宿の裏手の路地に到着した。

「クロ、出ておいで」

「ナァーン」

「今からヴィクターを連れてこの宿屋に入ってほしいの」

「ナァーン」

「どの部屋でどこにほしいものがしまってあるかは、このヴィクターネズミが教えてくれるから」

「ナァーン」


ヴィクターネズミは身振り手ぶりでクロに宿屋の屋根の上に行けと指示を出している。なんだか漫画の猫とネズミみたい。そのネズミが私の夫かと思うと、何度でも脱力笑いが込み上げる。

クロはヴィクターネズミを咥え、パタパタと飛び上がって屋根の上へと飛んで行く。私は慌てて屋根の上が見える場所を探した。

少し離れた場所にある建物の外階段を見つけて駆け上がった。

（なんで屋根の上なんだろう？）と思って見ていたら、ヴィクターネズミを咥えたクロは、屋根の真ん中部分を目指して飛んでいる。

クロが屋根の真ん中にある四角い出入り口の隣に下りた。その出入り口は、屋根の修理人が出入りする場所だと思う。四角い扉にたどり着き、クロがガリガリとひっかく。

私がヤマネコたちに監禁されていたときも、クロはああやってひっかいて壁に穴を開けてくれたっけ。

やがて、クロが前足を使ってパタンと扉を開けた。そしてヴィクターネズミを咥えて中へと入って行く。

しばらくして、前足で紙の束を丸めたものを抱えたクロが現れた。口にはヴィクターネズミ。

私を素早く見つけたクロがパタパタと飛んでくる。そして外階段の三階部分にいた私に向かって嬉しそうに近づいて……。

「ナァーン」

「あっ！」

クロが鳴いたために、咥えられていたヴィクターネズミが落ちた。

「ヴィクター！」

「キィィィィー！」

空中でゆっくり回転しながらヴィクターが落ちていき、たまたま通りかかった幌《ほろ》付きの荷馬車の上に着地した。

「待って！　その馬車待って！　待ってぇぇっ！」

私は朝の裏通りで大声をあげながら荷馬車を追いかけた。

ヴィクターはなぜに馬車から飛び下りないで運ばれて行くのか。私がこんなに叫んでいるんだから、聞こえないわけじゃないでしょうに。

荷馬車と私の距離が開いていく。こんな足首まであるスカートをはいていたら、全速力で走れないじゃないか。

「ああ、もうっ！」

長いスカートの裾を持ち上げながら走る。クロが嬉しそうに私と並走して空中を飛んでいる。

「クロ！　ヴィクターを連れて来て！」

「ナァーン」

心肺機能の限界がきた私は、両膝に手をついてゼイゼイと息を切らしながらクロを待つ。

やがてクロがヴィクターネズミを咥えて戻って来た。

「え？　やだ！　意識を失っているじゃない！」

ぐったりしているヴィクターネズミをそっと手のひらに置いて、私はありったけの気持ちを込めて「治癒」と念じてみた。


私の聖女の力は、治癒と同時に魔法の解除もした。

私の手のひらの上で横たわって目をつぶっていたヴィクターネズミの輪郭が溶けだし始めたから、慌ててヴィクターネズミを通りの上に置く。やがてヴィクターは人間に戻った。閉じていた目が、ゆっくりと開き、頭に手を当てて首を左右に動かしている。

「ヴィクター、怪我をしてない？　気を失っただけ？」

「怪我はない、と思うよ。ああ、助かった。ネズミの間は一切の魔法が使えないから。頭を打つのがわかっていても、どうしようもなかったんだ」

「クロのことは許してあげてね。魔物だってうっかりすることはあるのよ」

「あんなこと、わざとやられたらたまったもんじゃないよ。それより、持ち出した本のページは？　無事かい？」

「ナァーン」

クロは可愛い両前足で、束ねて丸めてある本のページをちゃんと抱えていた。

「よしよし。ちゃんと持っていたな。このページを読めば、身体変化の術を使っても自力で元に戻せるようになる。新しい魔法の習得だよ。いや、実に楽しみだ！」

「うん……」

ヴィクターの心はもう、魔法のことでいっぱいらしい。準備万端でネズミになったりして、張り切っていたのはこういうことね。


家に戻りながら、私はなんだかモヤモヤしている。ヴィクターは「身体変化の術を使っても」って言っていた。「新しい魔法の習得」とも言った。

私は立ち止まり、ヴィクターの服の裾を引っ張った。

「ちょっと待って！」

「なんだい、いきなり」

「ヴィクター、あなた身体変化の魔法を学んで、これから使うつもり？」

「もちろんそうだよ。だめなのか？」

「だめに決まっているでしょう。不安定で元に戻れない場合があるから、禁術になったんでしょう？　そんな危険な魔法は使っちゃだめよ」

「いや。それは腕のない魔法使いが使った場合であって、俺のような天才魔法使いが習得すれば、問題はないさ」

「ねえヴィクター、そんな魔法を使わなくても、幸せに暮らせるじゃないの。誰かを動物に変える魔法なんて、必要ないわよ」

するとヴィクターは残念な生徒を見る先生のような表情で私に語り始める。

「ハル、違うよ。この魔法は、必ずしも誰かを動物に変えるためだけに使う魔法ではなく、自分が何かの動物に変わるために使うこともできる。その可能性は無限なんだ。それと、必要か必要でないかの観点だけで魔法を語るのは、感心しないな。ホルダール王国が『戦争の役に立つか立たないか』の一点で魔法使いの扱いを変えていたのと同じ発想だ。俺は魔法を極めたいだけなんだ。役に立つかどうかは、二の次さ」

「それだけ？」

「それだけだ。俺は魔力が有り余っている若いうちに、ありとあらゆる魔法を学び尽くしたいんだ」

「ふうん。そう。そういうことなのね。あなたは学者が知識と真実を追い求めるのと同じなのね」

「その通り。わかってもらえて嬉しいよ、ハル」

嬉しそうな顔で足取り軽く歩くヴィクターを横目で見る。うちのヴィクターはただの魔法オタクじゃない。『とんでもない魔法オタク』だ。

帰宅してすぐ、ヴィクターは切り取られたページの確認に取り掛かった。

「一枚でも抜けている部分があったら困るからね。まずは切り取られたページがどこに繋がるかを調べないと」

目を輝かせながらページの前後を繰り返し確認した後。

「切り取られたページは全て揃っていたよ。よし、これでこの貴重な本を完全な状態に戻すことができる。もしかしたら世界に一冊しかない本なんだ。大切に扱わないと」

ヴィクターがすごく嬉しそう。

きっと自分にその魔法を使って、何かに変身するつもりなんだと思う。ネズミはいやだな、と思ったけど、じゃあ何ならいいのかと考えても思いつかない。私はその身体変化魔法自体が信用できないのだ。


全ての準備が整った。昨日の騎士さんも来ている。

ヴィクターがヤマネコを目覚めさせた。ヤマネコは騎士の姿を見て、自分がどういう状況に置かれているかを理解したらしい。私たちを見る目に、昨日のようなふてぶてしさがない。

「ヤマネコ、これからお前をホルダール王国の牢獄に送り返す。安心しろ、もうあちらには連絡済みだ。吸廃魔法使いが待ってるぞ。動くなよ。魔法が失敗して、海の中や深い地の底に送られたら困るだろう？」

ヴィクターは魔法陣の真ん中にヤマネコを置き、呪文を唱えようとした。

「待って。ヤマネコに確認したいことがあるの」

私はかがみ込み、ヤマネコの目を覗き込んだ。

「ねえ、魔法のことは全て忘れて生きるわけにはいかないの？」

ヤマネコは私を見つめ返していた顔をゆがめて笑う。

「はあ？　最高レベルの魔法使いと結婚して、たんまり恩恵を受けているあんたがそれを言うの？　ふざけんな。私は生まれつきの能力でちやほやされている人間を、死ぬまで憎む。あんたも、あんたの夫もね！」

そうか。考えは変わらないのか。がっかりしている私の肩に、大きな手が置かれた。

「ハル、ヤマネコの転送を始める。下がってくれ」

「うん」

ヴィクターが呪文を唱え始める。

騎士さんは光り始めたヴィクターを見て、声も出せないほど驚いている。私はヴィクターのこの姿を見るのは二度目だけれど、やっぱり心配でおなかが痛くなった。

召喚したときと同じようにヴィクターの光を吸い取るトゲトゲ。トゲトゲの模様が、目を向けられないほど眩しく光る。その光が消えたとき、ヤマネコの姿は魔法陣から消えた。

最初から最後までを見守っていた騎士さんは、しばらく茫然として言葉も出ない様子。

「驚きました。魔法が使われるところを初めて見ましたが、すさまじいものですね。ヤマネコを送ったこと、確認いたしました。陛下とジュリエッタ王女殿下にご報告いたします」

「間違いなくあちらに送りましたので、ホルダール王国に問い合わせてくださってても結構ですよ」

「かしこまりました。陛下にはそうお伝えいたします」

騎士さんはそう言って帰って行った。

ドルーも何度も頭を下げ、「師匠、お世話になりました」と帰って行く。私は汗を滴らせているヴィクターの顔を拭い、ねぎらいの言葉をかけた。

「お疲れ様、ヴィクター。疲れたわね」

「たいしたことはない。俺の身体なら心配はいらないよ。ハル、最後の最後にヤマネコを救いたかったのか？」

私は魔法陣を眺めながら自分の心を覗いてみた。

「どうだろう。救いたかったというより、気がついてほしかった。魔法とかかわらずに生きて行く道もあるよって。ヤマネコは死刑になってしまうかしら？」

「ならないな。脱獄したから刑は加算されるだろうが、あいつは人を殺していない。ホルダール王国の法では、殺人を犯していなければ、まず死刑にはならないはずだ」

「そう。なら、もしかしたら改心して生きて行く可能性もあるわね。ヤマネコが他人と自分を比べて憎しみを抱えるのではなく、自分のできることの中に喜びを見つけてほしかった。その機会が彼女に与えられるといいのだけれど」

私たちは事件解決を祝って、夕食を食べに行くことにした。

第六章 ★ 王都とお別れ

翌日からは平和で平凡な日々が続いた。

私は市場で新作のカスタードホットサンドの屋台を始めた。

「いらっしゃいませ！　アツアツホカホカのカスタードホットサンドはいかがですか！」

「おっ。いい匂いだね」

「いかがですか？　カスタードホットサンド。味見してくださいな」

「どれどれ。ふむふむ。おっ。旨いね。クリームを挟んでいるのは、バタートーストかい？　贅沢だな。中に挟んであるクリームが甘くて濃厚で……これは旨いよ。ひとつ買うよ」

「ありがとうございます！」

「奥さん、俺も」

「私は持ち帰りにして三つくださいな」

「はい、ただいまご用意いたしますね！」

結論から言うと、カスタードホットサンドはよく売れた。特に女性に。腹持ちがいいし、甘くて美味しいし、食事代わりにも喜ばれている。

（天才じゃない？　私）

と思いかけて、

（いやいや、夫婦揃って自分を天才呼ばわりってどうなの）

と苦笑する。

お客様からの要望で、料金を足せばカスタードホットサンドにカスタードクリームを増し増しにもできる。

屋台は繁盛し、常連客がつき、売り上げを順調に伸ばしている。

広場には、うちの商品を真似した屋台がぽつぽつ現れたけれど、気にしない。私は、『真似されるようになったら本物だ』と割り切っている。


「ハルさん、おかゆをひとつとカスタードホットサンドをひとつ頼む」

「こっちはおかゆを大盛りで頼むよ。トッピングはモツの唐揚げで」

「はい、毎度ありがとうございます。少々お待ちを」

常連客は心得ていて、お釣りがないように小銭できっちり支払ってくれる。たまにお釣りのこともあるけれど、そのときは料理で忙しい私に代わってヴィクターが対応してくれる。

うちのヴィクターはお釣りの計算が早い。元の世界では常識だった瞬時の引き算が素早くできる人は、こちらの世界では案外少ない。

火魔法を使ってコンロの炭火を調節してくれるのもありがたい。目の保養になるレベルのイケメンだしね。

ただ、本人は顔のことはどうでもいいらしく、女性客がヴィクターの顔を見てキャッキャしていても無表情だ。

頬を染めた女性客に話しかけられても、商売のこと以外だと「さあ？」「はい」「わかんないです」「ハルに聞いてください」の四種類の返事しかしない。

妻としては身持ちの固い夫でありがたいのだが、もう少し愛想をよくしても罰は当たらないのにな、と思ってしまう。


昼食時の混雑が過ぎ、二人でのんびりとクロックムッシュを食べているときのこと。

ヴィクターは私が作ったクロックムッシュにかぶりつき、「はあぁ」とため息をつく。

「どうしたの？　疲れた？」

「いや。君の生まれ故郷には、どれだけの美味があるんだろうと思ってさ。チーズとハムを挟んで焼いただけでも十分美味しいのに、パンに卵とミルクを染み込ませてから焼くなんて！　なんて贅沢な食べ方だろうか」

「そうね。確かに世界中に美味があふれている世界だったわ。でも、この国だって将来はもっともっと多くの美味があふれることになると思う。食材や調理器具、調理法は、こちらでも日進月歩なんじゃないかな」

そんな会話をしていたら、若い女性が頬を染めてヴィクターに話しかけてきた。

「あの、カスタードホットサンドというのをひとつください」

「はい、ただいま」

私が立ち上がって作ろうとしたら、女性客は私を止める。

「いえ、こちらの方にお願いしたいです」

「あ、じゃあ、ヴィクター……」

「悪いけどお嬢さん、調理は妻が担当しているんです。俺は手伝いなんだ」

きっぱりと断られた二十歳くらいの女性は、恥ずかしそうに走り去ってしまった。

「もう少し優しい言い方をしてあげればいいのに」

「俺にはハルがいる。俺の顔を見て寄ってくる女性に興味はない」

「う、うん。なるほど。イケメンの自覚はあるわけね。私はヴィクターの顔も中身も大好きよ」

「お、おう。そうか。ありがとうな」

赤くなって「果実水を買ってくる」と行ってしまったヴィクターを見送っていたら、なんとなく見覚えのある人に声をかけられた。

「ハル様？　ハル様ですよね？」

「ええと、あなたは……」

その男性は辺りを見回し、小声で、でもとても嬉しそうに私に内緒話をする。

「ホテルのネズミの件でお世話になった者です。あのときは大変お世話になりました。ハル様がこのような場所で屋台の商売をなさっているので驚きましたよ。最初は見間違いかと思いました。聖女様ともあろうお方が、なぜこのような商売を？」

私は慌てて周囲を見回した。よかった、誰も聞いていなかった。

「ちょ、ちょっと待ってください！　私は魔法使いです。それも他の人の魔法を消すだけの、あまり役に立たない魔法使いなんですよ」

「ええ、ええ、承知しておりますとも。あの後、ネズミから人間に姿を戻してもらった者が一部屋に集められて、支配人に口止めされたんですよ」

「そうなんですか」

「支配人に口止めされた後、我々はみんなで話をしたのです。『あんな御業を使えるのは聖女様に違いない』『隣国から聖女様が逃げ出したらしいが、あの方こそがその聖女様なのではないか』と言い合ったのです。聖女様は民草の中に紛れ込んで、仮のお姿で暮らしていらっしゃるのですよね？」

「いえ、そういうことでは……」

「わかっておりますとも。他の人間には秘密にいたします。ただ、助けていただいた人たちはお礼を言いたいかもしれません。あのときはみんな混乱していて、ちゃんとお礼を言えないままホテルを出ましたから」

「では他の方とは連絡の取りようがないですよね？」

「いえ。同じ苦しみを経験した者同士、私たちは連絡先を交換してあります。この屋台のことを知らせたら、みんなきっと喜ぶでしょう」

　その男性は私の作ったカスタードホットサンドを十個も買ってくれた。

「聖女様手作りのありがたい手料理を食べられるなんて。望外の幸せです」

そう言ってニコニコと去って行く。

「それはただのパンだし。聖女のご利益は入ってないし」

お客さんの後ろ姿を眺めながら、思わず小さく声に出してしまう。

果実水を両手に持ったヴィクターが戻ってきて、私の顔を覗き込む。

「どうした？　何かあったか？」

「さっき、ホテルでネズミに変えられた人が私に気がついたの。私のことを聖女様って言ってたのよ。カスタードホットサンドも、ありがたい聖女の手料理って。なんだか、嫌な予感がするわ」

「ああ、そりゃ厄介な予感しかしないな」

そう言い合った翌日に別の男性がやってきた。

「聖女様の屋台はこちらでしょうか」

「いいえ、私は魔法を消すことができる魔法使いで……」

そのお客さんも「はいはい、わかっていますよ」という態度で、私の説明は信じていない様子だ。ホクホク顔で去っていくお客さんを見ながら、私はヴィクターに提案をした。

「ねえ、ヴィクター、王都を離れない？」

「俺も今、それを考えていたよ。王都を離れて静かに暮らそうか」

「うん。ぜひそうしたいわ」

騒ぎが大きくなる前にと、その日のうちに引っ越しの準備をした。荷物が少ない私たちの準備はすぐに終わる。

今、私とヴィクターはお別れを言いに、ドルーに会いに来ている。

ドルーはたくさんの鉢植えに囲まれて働いていた。作業場の机の上には植物魔法の本。ちゃんと勉強しているんだね。

「ドルー、今から私が話すことは内緒にしてほしいんだけど」

「もちろんです。どんな内容でも、絶対に口外しません」

「私とヴィクターは、近いうちに王都を出るわ。いずれそのうち、聖女だと騒がれそうな気がするの」

ドルーは驚き、次に寂しそうな顔になった。

「そうですか。ハルさんは僕の命の恩人ですし、ヴィクターさんは魔法の師匠なので、お別れは寂しいです」

私はずっと心の中で思っていたことを伝えることにした。

「あのね、ドルー。あなたはきっと優れた植物魔法使いになる。いつの日か、『この花を育てた人は私の友人よ』と自慢する日が来ると思う。その日を楽しみに待っているわ」

「そんな日が……来るでしょうか。いえ！　必ずそうなるように僕、頑張ります」

するとヴィクターが腰をかがめてドルーと目の高さを揃え、弟を見守るような笑顔で語りかけた。

「なあドルー。一気に魔法を習得する魔法使いも、確かにいる。だけどな、コツコツと学び続けて偉大な魔法使いになる者もいる。どっちが立派な魔法使いかなんて、決まってない。俺は死ぬまで魔法を学び続けるぞ。お前の歩く道の先で、お前が追いつくことを待っている。絶対に待っている」

ドルーは感動の面持ちで何度もうなずいた。

「必ず、ヴィクターさんに追いつけるよう、学び続けます。待っていてください」

「おう！　待っているぞ」

私たちはドルーと固い握手を交わし、別れを告げた。


帰り道、我慢できずにヴィクターに話しかけた。

「ヴィクター、かっこよかったわ」

「そうか？　あれは俺が十四歳で召喚魔法の使い手として選ばれたとき、城勤めの中で一番年上の魔法使いが言ってくれた言葉なんだ。子供だった俺は感動して、魔法の研究に没頭したもんだ」

「そうだったの。いい話ね」

ジーンと感動していたら、ヴィクターがへらりと笑ってこんなことを言う。

「ま、俺の場合はあっという間にその年配の魔法使いを追い越したけどな」

「……ヴィクター、あなたって人は本当に……」

ヴィクターのおなかに軽くパンチをお見舞いした。

「謙遜という言葉について、今度詳しく教えてあげる」

「謙遜する必要がどこにあるのさ。本当のことなんだから仕方ないだろう?」

「そうだったとしてもよ。もう、私の感動を返して!」

「そんなことよりハル、王都を去る前に何か旨いものを食べに行かないか?」

「いいわね。行きましょう!」


が、旅立ちは、意外な人から待ったがかかった。

◇◇◇

「えっ。どういうこと?」

「もう出かけるだけになったから、ジュリエッタ王女にお別れの手紙を魔法を使って送ったんだよ。ドルーのことではお世話になったからな。そしたらこれが」

ヴィクターの手には、ついさっき使者が早馬で届けに来た封筒と便箋。ヴィクターから手紙を受け取り、読む。

『ハル、ヴィクター。王都を出るとのこと。とても残念です。お別れの前に、ひとつだけ私のお願いを聞いてくれませんか？　明日、使いの馬車を送ります。それに乗って、お城に来てほしいのです。私のお願いの他に、ドルーの将来のことでも相談したいことがあるのです』

「ドルーの将来のことって、なにかしら」

「あの聡明な王女だから、腹黒いことは考えてはいないだろうけど。なんだろうな。俺には想像がつかない」

「王女様にお世話になったのは間違いないし、行きましょう。あのしっかり者の王女様のお願いなら、きっと私たちにしか頼めないことなのよ」

私たちは馬車に乗って、お城に向かった。

お城に着くと、案内の人が待ち構えていた。

「ささ、ハル様、ヴィクター様、こちらでございます」

私たちは検査も検問もなしでどんどんと階段を上り、四階の王女様の部屋へと案内された。

「ハル、ヴィクター。待っていました。さあ、ここに座って」

王女様がそわそわしている。

「二人はもうすぐ旅立つのでしょう？　とても残念だわ」

「申し訳ありません」

「謝らなくていいの。あなたたちは好きな場所で暮らすことができるのだもの。私、あなたたちが王都を出る前に、ひとつだけお願いがあるのです」

「どのようなことでしょうか」

　王女様はチラリと侍女さんと護衛のほうに視線を送る。皆さんが一斉に頭を下げ、静かにお部屋を出て行った。

「私は、この城で一年のほとんどを過ごしています。街に出るのは年に二度。一度は視察で、もう一度は慈善事業です。どちらもたくさんの護衛に囲まれて出かけるのです」

　それはそうだろう。この世界の一年生である私でも、王女の警備は厳重にするべきだと思う。

「わかっています。私は王女として生まれ、守られ、空腹に苦しむこともない。そのくらいの不自由は仕方ない。それはわかっているの」

　そこで王女様は立ち上がり、窓に近づいた。

「ヴィクター、あなたは天才魔法使いなのよね？」

「そうです」

　全く怯むことなく、ヴィクターが即答する。

「あなたは、ドルーが使った身体変化魔法も、いつかは使えるようになるのかしら？」

「それは……どういう意味でしょうか」

「ドルーは私をユニコーンに変えたわ。その魔法は、人間を動物に変えるだけなの？」

「いいえ。あの本には五種類の身体変化魔法が書かれていました」

「その五種類とは？　ぜひ聞かせてほしい」

ヴィクターは何かを危ぶむような表情で王女を見て考え込んでいる。王女がなぜそんなことを言い出したのか、私も疑問に思った。でも、無理なことを言われたら断ればいい、と思う。

「私が聞いたところで使えるわけではないのだから、教えてくれないかしら」

ヴィクターが私を見る。私は小さくうなずいた。

「はい、その五種類の一番目。誰かを動物に変える魔法。二番目、自分を動物に変える魔法。三番目、誰かを物に変える魔法。四番目、自分を物に変える魔法、五番目、人間を別の人間の姿に変える魔法です」

「まあ……。天才魔法使いのあなたなら、いつの日か、そのどれかを使えるようになるのかしら」

（ヴィクター、この流れ、なんだか危険な香りがしない？）

そう念を込めてヴィクターを見上げるけど、魔法の話題になるとヴィクターが冷静さを失うのは知っている。

案の定、私の視線には気がつかず、王女様を見て考え込んでいる。王女様は微笑みを浮かべてヴィクターを見ている。

（なんか、なんか、危ない方向に向かってる気がする！）

思わず目を閉じてゆっくり息を吐いた。

「実は、既に自分で試し、成功した魔法もあります」

王女様の顔がパッと明るくなる。

「そうなの？　どれを試したの？」

「二番目の、自分を動物に変える魔法です。ネズミを思い浮かべながら魔法を発動し、成功しました」

「元に戻るときはハルの力で？」

「そうです」

「つまり、ハルがいれば、その魔法は安心して使えるというわけね」

「そうですね」

そこは即答しないでほしかった。王女様は嬉しそうな顔になった。

「ヴィクター、ハル、お願いがあります。私を一日だけ、侍女のクララに変えてほしい」

私たちが困るお願いがきた。やっぱりね。こんなことになる気がしたのよ。そこまで自信満々だったヴィクターが、たじろいだ。

「クララの了解は得ています。私は、一日だけでいいから、この国の民が普段通りに過ごしている街を、護衛をつけずに歩いてみたい。普段の王都がどんな様子なのか、この目で見てみたいの」

ヴィクターは軽く唇を噛んで答えない。

「だめ、かしら」

「護衛をつけずにおひとりで出かけるおつもりですか。そうであれば、お断りします。たとえ侍女の姿であっても、その情報が洩れないとも限りません。危険過ぎます」

「ではヴィクターとハルが一緒なら？　それならいい？　迷惑なのはわかっています。ですが、私は半年後には結婚します。結婚すればもう、自由はない。五歳年上の、一度しかお会いしたことのない辺境伯家の次男を夫に迎え、この国のために生きていくのです。その前に一度、王都の街を歩いてみたい」

　ヴィクターは珍しく不安そうな顔になった。

「私は人を別の人に変える魔法を、まだ試したことがないのです。いきなり王女様を実験台にするわけにはまいりません」

「そう……そうでしょうね。そう考えるのが当然だわ。ごめんなさい。旅立ちの前の忙しいときに、無理を言いました」

　王女様は賢い人だ。残念そうな表情ではあったが、無理強いはしなかった。国のために生きる覚悟の王女様。人柄もわからない辺境伯家の男性と結婚する王女様。

　私が十六歳のときは、どんな暮らしだったろうか。

　高校一年生で、授業と部活と、テレビ、映画、読書、ちょっとしたおしゃれ。家事を手伝ったりもした。両親に守られながら、自分の好きなことをして暮らしていた。それを思い出したら王女様が気の毒になってしまい、渋い顔のヴィクターに思わず提案をしていた。

「ヴィクター、私がいれば、失敗しても元に戻せる。一日だけ、願いを叶えて差し上げたらどうかしら？　ただし、王様の許可は必要だと思うけど」

「ハル、しかし護衛なしはあまりに危険だよ」

「護衛の方々には私服を着てもらって、護衛だとわからないように警護してもらえばいいんじゃないかな。万が一悪い人が何かしようとしても、護衛もいれば天才魔法使いのあなたと私もいるんだし」

　王女様の顔がパッと輝く。

「そうね。護衛が人々に紛れていれば、民たちも気がつかないわね」

「まあ、ハルがそこまで言うなら。なにより、ハルがいるから安心か」

　ヴィクターは「たとえ襲われて怪我をしても、聖女の治癒魔法があるから心強い」という意味なのだと思うが、ジュリエッタ王女は素直に喜んでいる。

　さて、これを王様はお許しくださるのだろうか。王様のお怒りを買わなければいいのだけれど。


　王女様はすぐに王様に使いを出した。

　折り返し王女様と私たちが呼び出される。話が大きくなっていくけど、私が賛成したことだ。最後まで王女様を応援してあげたい。

　王様の執務室に移動しながら、ヴィクターが私にささやいてくる。

「ハル、大丈夫だ。万が一のときは……」

「あのね、言っておくけど、王様が怒って私たちに何かしようとしても、お城の中で攻撃魔法は使わないでね。それこそこの国にいられなくなるから」

「大丈夫。攻撃魔法なんか使わないさ。それよりもっといい方法を考えてあるんだ。安心しろ」

ヴィクターがニンマリ笑う。

うわぁ、全然安心できない。


王様の執務室には、王様と王妃様、年配の男性の三人が待っていた。

「ヴィクター、話は理解した。そなたは身体変化魔法を習得したのか」

「はい、陛下」

「失敗の恐れはないのか？」

「まずありません。万が一失敗しても、妻がなかったことにできます」

「ふむ。だがいきなりジュリエッタに魔法をかけられるのは困る。まずは自分の身で試して見せてくれるか？」

「はい、陛下。では一度成功しているネズミになってみます」

「ネズミ？　いや、違う。他の人間になって見せてくれ。そうだな、この者は宰相のグルーム。グルームになって見せてくれぬか？」

「わ、わたくしに？　この者がでございますか？」

「なんだグルーム、不満か？　お前が変身させられるわけでなし。いいではないか」

「いえ、陛下。文句はございません。失礼いたしました」

　ヴィクターは宰相様をじっと見ている。つかつかと近寄り、宰相様の周囲を一周。やる気満々だ。


「わかりました。変化魔法を使ってみます」

「なに、もうできるのか？」

「はい。人間に変わるのは初めてですが、できると思います」


　ヴィクターが両手を合わせ、呪文を唱え始める。私、王女様、王様、宰相様、王妃様の五人が見つめている中、ヴィクターは呪文を唱えながら両手を少しずつ広げる。

　手の中には球形の白い光。

　球体は眩しく輝き、その表面を文字がぐるぐると動き回っている。ヴィクターは球体の魔法陣を少しずつ大きくし、頭上に掲げ、自分の身体にかぶせるように下ろした。


「あっ！」

「おおっ！」

「なんと」

　そこには宰相様そっくりの、というより宰相様そのものにしか見えない人物が立っていた。

「ま、こんな感じですね」

　宰相様の顔でドヤ顔はやめてほしい。

「ハル、戻してくれる？」

「はい」

私が宰相姿のヴィクターに触れると宰相姿のヴィクターはもやもやして姿がぼやけ、元のヴィクターに戻る。王様は小さく何度もうなずいている。

「ふむ、まことに魔法使いとは我々の理解を超える。いいだろう、ジュリエッタ。変身を許す」

「お父様！　ありがとうございます」

「ただし！　護衛を五十人は配備する。私服でな」

「うう……ご、五十人、ですか。それはある程度距離を取って、ですよね」

「そうだな。民の活動は制限しないでいいだろう。一生に一度の冒険を楽しむといい」

「ありがとうございます！」

「あなた。よろしいのですか？　万が一のことがあったら、私は……」

「ああ、大丈夫だ」

大丈夫だ、と言った後、王様が私を見た。え。なんだろう。なんで私を見たんだろう。

「では、王女様を変化《へんげ》させる侍女さんを見せてください」

◇◇◇

今、私たちは市場を歩いている。王女様は侍女のクララさんに変身している。可憐な少女だ。

王女様は「ハルのおすすめの店はどこ？　人が多くてにぎやかねえ」とキラキラしたお顔。

「ハル、見て。あのパン、美味しそう。ソーセージが挟んであるわ」

「ハル、あれはなに？　大きなお鍋でグツグツ煮ている。スープ、じゃないわね」

「ハル、あのお店に入りたい。お菓子があんなに！　見たことがないものがたくさんあるわ」

私たちにとってはただの散策だけど、王女様にとっては『一生に一度の冒険』だと知ってしまったから。

今、侍女さんの顔でコロコロと笑ってはしゃいでいる王女様を見ていたら、泣ける。なんだか気の毒で胸が詰まる。私は十六歳のとき、もっともっと、はるかに、自由で楽しかった。

「ハル、涙ぐむなよ。せっかくの楽しいお出かけだ。笑ってやらなきゃ」

確かにその通り。急いで指先で涙を拭う。

「そうよね。楽しい思い出にしなくちゃね」

王女様から見えないように、さりげなく背中を向けて涙を拭った。

「ハル、あそこにぬいぐるみのお店があるわ。クララにお土産を買ってやりましょう」

「はい、参りましょう」


ぬいぐるみ店の店員さんは驚きで固まっている。

たくさんのぬいぐるみを、はしゃぎながらお買い上げの可愛いお嬢さん、その周囲をさりげなく囲もうとしながらも、店内が狭くてぎゅうぎゅう詰めになるほど詰めかけている私服のゴツイ男たち。店員さんたちが何事かと驚くのも無理はない。

時間にしたら四時間ぐらいだったろうか。王女様の『一生に一度の冒険』は無事に終わった。

王様の執務室で私がそっと王女様に触れる。ゆるゆると輪郭が溶けて、王女様は元の姿に戻った。

王女様は私にギュッと抱きついて、嬉しそうだ。

「今日は楽しかった。ありがとう。一生の思い出にするわ」

「はい。はい。それはよかったです、王女様」

「それでね、ハル。ドルーのことなんだけど」

「はいっ」

「父が言う通りドルーの魔法で花の苗をたくさん育ててもらって、お城にも納めてもらうのがいいと思うの」

「それは……きっと喜ぶと思いますが。いいのですか？」

（ドルーはあなたをユニコーンに変えたのに、いいんですか？）とは言えず、ヴィクターをチラリと見る。ヴィクターは堂々とした態度でこんなことを言う。

「あの子は今後、必ずや腕を上げます。自分の育てた花がお城に飾られるなら、喜ぶと思います」

「あのときの、真っ青になって震えていたドルーが気の毒で。今もときどき思い出すのです。お城に花を納めてもらうことで、ドルーを励ましたいの。民の仕事を応援するのも、王家の役目だもの」

聡明そうな王女様は本当に聡明で、しかも懐が深く、お優しかった。

「ヴィクター、なにかあったときに攻撃魔法よりいい方法があるって言ってたわよね？　あれはなんだったの？」

「空を飛んで逃げようかと思ってた」

「空を？　どうやって？」

ヴィクターは笑って答えない。その答えは、数日後にわかった。

私とヴィクターはエイダさんの家に、お別れの挨拶をしに来ている。

「もう引っ越しをするんですか？　寂しくなりますね。どこに引っ越すのかしら？」

「どこに行くかは、まだ決めていないんです。私もエイダさんとお別れするのは残念です。エイダさん、お別れのご挨拶に、毛糸を持ってきました。使ってください」

「ありがとう、嬉しいわ。じゃあ、私からもプレゼントをさせてね」

エイダさんはそう言うと、大きな箱の中をかき回し、ショールを手渡してくれた。それは懐かしい桜色。この世界に来てから、まだ一度も桜の花を見ていなかったことを思い出した。

「エイダさん、ありがとう。この色、私の故郷を思い出す色だわ」

「そうなのかい？　それならよかった。冬の馬車旅は冷えるけど、身体を冷やさないように気をつけるんだよ」

「はい。あの、引っ越し先から手紙を出してもいいですか」

「もちろんだよ。楽しみに待っているよ」

エイダさんと抱き合ってお別れをした。


薄い水色の冬の空の下。私たちの馬車はゆっくりと進んでいる。

私は御者席でヴィクターと並んで座っている。

「ハル、御者席で寒くないか？」

「寒さは大丈夫。お別れはいつでも寂しいけれど、ヴィクターの魔法のおかげでポーリーンさんやエイダさんと文通ができるようになったのは、とても嬉しいことだわ」

「この魔法は便利だな。そういや、ポーリーンが手紙で書いていたけど、ホルダール王国では俺が生み出した転送魔法を知りたがっているそうだ。俺をあんな形で追い出しておいて、今更だな」

「ポーリーンさんがブレントさんに嫌味を言った話がおかしかったわね」

私とポーリーンさんはヴィクターの力を借りて、結構まめに文通をしている。この方法は人を介さずに魔法でやり取りをしているから、安心して何でも書ける。転送魔法は本当に便利だ。

魔法師部隊の隊長ブレントさんは、使役鳥を使って『ハルとヴィクターの行先を本当に知らないのか。知っていて隠していると罪に問われるぞ』と、脅しとも取れる連絡をポーリーンさんにしてきたらしい。ポーリーンさんは、ブレントさんの使役鳥に向かってきっぱりとこう言い渡したそうだ。

『ブレントさん、あなたが家に隠し持っていた禁書、盗まれたそうですね。盗んだのはヤマネコですよ。それがレスター王国で大変な問題を起こしたことはご存じですか？　身体変化魔法を使って、たくさんの人たちがネズミに変えられたそうです。レスター王国の人々は、その事件の原因が、あなたの隠し持っていた本だと知ったらどう思うでしょうね。あなたのせいで戦争にならないといいですね』

ポーリーンさんたら、案外怖い。

でも、そのくらいの反論は許される。私に冷たくしたことはもういいけれど、ヴィクターに取った仕打ちは今も納得できない。

ヴィクターは魔法使いとしての人生を終わらせる覚悟で私を召喚したのに、『魔力なしの人間を召喚したから』と、自主退職扱いにするなんて。召喚自体をなかったことにするなんて。

それはポーリーンさんも同様らしく、『逃がした魚が大きかったことを悔しがればいい』と言って、こんなことも言ったそうだ。

『ヴィクターはちょっとした物なら、魔法を使って自由に遠距離を移動させられるみたいですね。その上この前は、人間を移動させることに成功したでしょう？　ヤマネコを他国からお城の牢獄に間違いなく送り届けるなんて、やっぱり天才は違いますねえ』

手紙を読みながら苦笑してしまう。

ホルダール王国の国王陛下は、ポーリーンさんに使いを出し、正式な文書で『ヴィクターが帰国するなら、魔法師部隊隊長の席を与える。そう伝えよ』とまで言い出したそうだ。ブレントさんの立場はどうなるのか。格下げするつもりか。

「ヴィクター、いいの？　帰国すれば魔法師部隊の隊長になれるわよ？」

「いやだ。ホルダールには帰らない」

「本当にいいの？」

「俺はハルと一緒に生きていきたい。ホルダールではもう、ハルはとんでもない有名人だ。普通には暮らせないじゃないか。それに、俺は組織をまとめて動かすなんて煩わしいことは、絶対にしたくない。俺は何にも邪魔されずに魔法を極めたいよ」

「そう。それなら私は心おきなくこの国での暮らしを楽しむわ」

「うん。それがいい」

私はこの国でヴィクターと一緒に長く暮らしていくつもりだ。


次に住む場所を探しながら、ほんわかと楽しい気持ちで馬車に揺られていたら、前方に懐かしいものを見つけた。

「ヴィクター、あそこの杉の大木のところで止まってくれる？」

「いいけど、どうした？」

「大地の魔力が湧き出ているの」

「おっ。レスター王国では初めてだな。ちょっと浴びていこうよ」

「ええ、そうしましょう。クロ、出ておいで」

「ナァーン」

地面に敷物を敷き、私たちはこんこんと湧き出している金色の粉を浴びる。身体がホカホカする。ヴィクターもクロも気持ちよさそうだ。

「ねえ、ハル。実は俺、ハルに隠していることがある」

「なにかしら？　嫌な予感しかしないけど、ぜひ教えてほしいわね」

「俺は身体変化魔法を、もう十回ぐらい自分の身体で試してみた」

微妙に視線を私から外して話すヴィクターの様子を見て（あの魔法を十回も？）と不安になる。

「……え？　ネズミと宰相様になった以外に？　いったいいつの間に？　何に変身したの？」

「ネズミはもう気が済んだから、他の動物にもなってみた。君はきっと心配するだろうと思ったから言えなかったんだ。でも、やっぱり夫婦の間で秘密はよくないと思ってさ」

ちょっとオドオドしつつも魔法の話になると嬉しそうに語るヴィクター。そんな彼を見ていたら、つい笑ってしまう。

「怒らないから正直に言ってよ。私の旦那様はいったい何に変身したの？」

「猫、犬、鳥。鳥はスズメと鳩と鷹になってみた。これは素晴らしい魔法だよ、ハル。俺、空を飛べたからね！」

「いったいいつ？」

「ハルが眠っているとき」

夜中ですか。そうまでして身体変化魔法を試したかったということか。

「そうでしたか。夜中まで研究熱心だなと思っていたら。で、今、見せてもらえたりはするのかしら？」

「見たい？　見たいよな？」

「ふふ。見たいです。見せてくださいな」

キラキラした目で私を見ているヴィクターを見たら、そう言うしかない。

「さすがは俺の奥さん。何がいい？　好きなものに変身してあげるよ」

「鷹、かな。飛んで見せてほしい」

「お安いご用だ！　馬が怖がらないよう、あっちで見せるよ」

ヴィクターは嬉しそうな顔で立ち上がり、馬から見えない場所に移動した。

胸の前で両手をぴったりと合わせ、その手のひらを少しずつ左右に広げていく。ヴィクターの手と手の間の、幅二十センチくらいの空間が球形に光り始める。光る球体の表面を呪文がゆるゆると動いている様は、何度見ても美しい。

ヴィクターは目を閉じて、口の中で呪文を唱えている。

声が小さくて全部は聞き取れないけれど、『神の吐息　願い　魂の望むべき姿』という言葉だけは聞こえた。魔法がある世界だから、神様も身近にいるような気がする。

数分間の長い呪文を唱え終わったヴィクターが、両方の手のひらをガッと広げた。すると、両手の間で白く輝いていた球体も、一気に大きくなる。

ヴィクターはその球体を一度頭上まで持ち上げ、それから自分の身体にかぶせるように腕を下げていく。

光の球体を被ったヴィクターの身体の輪郭がぼやけ始め、形が変わっていく。

そこに現れたのは、見たこともないくらい大きな鷹だ。ヴィクター鷹がバサッと翼を広げる。翼の端から端まで四メートルくらいありそうな大きな鷹は、広げた翼を羽ばたかせ、太い脚で地面を蹴って飛び立った。

「にゃっ！」

クロが鷹を追いかけて飛んで行く。

大きな鷹とクロは、どんどん空を昇っていく。気流に乗って羽を広げたまま空をゆっくりと円を描きながら飛んでいる。


「いいなあ」

一人だけ置いてけぼりにされるのは、少し悔しい。

やがてヴィクター鷹とクロが一緒に下りてきた。

ヴィクター鷹は目をつぶり、嘴《くちばし》をモゴモゴ動かしているうちに、輪郭がぼやけ始め、ヴィクターに戻った。

「どうだ？」

「すごい。本当にすごい。今、人生で一番驚いてる。驚き過ぎていい表現が出てこないくらい。

なんにでもなれるの？」

「どうだろう。俺が知っている動物なら、なれると思う。他には何になってほしい？」

「そうねえ、私は昔から大好きだったドラゴンに乗ってみたい。空飛ぶドラゴン。ドラゴンって見たことある？」

「ドラゴンは太古の昔に死に絶えたから、本でしか見たことがないよ」

「でも実際にいたのね？　へええ、さすがは魔法の世界。待って。今、地面に絵を描くから」

「いや、知ってるからいいよ。じゃあ、やってみる」


しかし、ヴィクターが変身したドラゴンは、私が思っていたドラゴンじゃなかった。おなかがぽってりしていて、羽が小さくて、頭に鹿の角みたいのが生えている。

顔だけは怖いけど、幼児体型っぽくて、いかにも絵本のドラゴンだ。私がイメージしたドラゴンは、水墨画で描かれる蛇みたいな体だったんだけどな。

「それ、昔は本当にいたの？」

「ガフガフ」

低くておなかに響くような声。ドラゴンって、こんな声なのか。

「私を乗せて飛べる？」

「ガフ」

「ちょっと待って、手綱の代わりになりそうなものを探すから」

馬車の荷物をひっかき回し、エイダさんにいただいた毛糸のショールを取り出した。ショールをヴィクタードラゴンの首に巻き付ける。

ヴィクタードラゴンは、象が人間を乗せるときみたいに、頭を低くして乗りやすくしてくれた。

「これでよし。ヴィクター、ゆっくり飛んでみて」

「ガフ」


ドラゴンはどういう原理で飛んでいるのか。身体に比べて小さい羽を羽ばたかせて飛び上がった。私はショールをしっかり握り、両方の腿でドラゴンの首の付け根辺りを強く挟んで落ちないように気をつけた。

ヴィクタードラゴンは空高く上昇し、ゆっくりと大きな円を描いて飛ぶ。今回もクロが隣を並行して飛んでいる。上空の空気が冷たい。

「これは……素敵」

眼下に広がる雄大な景色が絵本のように美しい。

広がる畑、広大な針葉樹の森。曲がりくねりながらゆったりと流れる川。遠くにはピカピカと輝く海も見える。

私はこんなに美しい世界に召喚されたのね。

「楽しいねえ、クロ！」

「にゃにゃっ！」

ふと気づくと、さっきまで畑の中で働いていた人々が、こちらを見上げて指差している。ドラゴンが現れたって騒いでいるのかも。やっぱりドラゴンはまずかったか。

「ヴィクター、人に見られてる。怖がらせたら申し訳ないから戻ろうか」

「ガフ」

ヴィクタードラゴンは森を目指して高度を下げ、旋回し、着地した。そして無事に人間の姿に戻った。

「ハル、空を飛ぶのは楽しいだろう？」

「うん！　これ、病みつきになる楽しさだわ」

「俺もだ。今度は夜に飛んでみようか。景色は見えないが、星空が美しいよ。人の目を気にする必要もない」

「それもいいわね。重ね着するから、ぜひ夜も乗せてね」

「もちろんだ。ハルがつかまりやすいように、何か道具を工夫するよ。いやぁ、身体変化魔法は面白いな！」

「ヴィクター」

「うん？　なんだ？」

「私、この世界の楽しみ方が、だんだんわかってきたわ」

ヴィクターは私の言葉を聞いて、満面の笑みになった。

第八章 ★ ボネリでの日々

私とヴィクターは、再びのんびりと旅を続けている。

王都から三週間かけて、ボネリという海から近い地方都市にたどり着いた。ボネリは農業と漁業が盛んな街だそうだ。ホテルを取り、貸家を探し、手早く貸家を契約してから、いざ市場へ！

市場には北の海の幸や大地の恵みが豊富に並んでいる。市場に来て最初に海産物を見たときの私の嬉しさを、どう表現したらいいものか。

「ヴィクター！　カニが売られてる！　わ、サケ！　あ、イカ！　うわわ、ホタテ！　嬉しい、嬉し過ぎる！　ヒラメも美味しそう！　見慣れた海の幸がこんなにある！」

「そんなに嬉しいのか？　海の幸はハルの故郷の味なんだね。初めて知ったぞ。ハルがそこまで感激しているのは、コンテストを見つけたとき以来だ」

ヴィクターが冷静かつ生温かい目を私に向けて微笑んでいる。

「そうね。海の幸は故郷の味です。それにしても商品が新鮮だわ。その上カニもサケもすごく安いじゃないの。買うわ。せっかくたくさんのご褒美をもらったんだもの」

「たくさんのご褒美なんてことを大きな声で言うなって」

苦笑しているヴィクターに鼻息荒く「だって」と言い募る私。

「どんなにこの世界に馴染んでも、味覚の基本はもう出来上がっちゃっているのよ。『美味しい』の基準が既に私の中で決まっているわけ。懐かしい味に再会できたのはヴィクター、あなたのおかげよ。ボネリまで一緒に来てくれてありがとう」

「そりゃ一緒に来るよ。夫婦なんだから」

「あっ、そうか。そうだったわね」


たくさんの海産物を買い込み、私たちは契約した貸家に戻った。

市場からはちょっと離れているけれど、その家の庭の一画から、金色の魔力が湧き出しているのだ。それに私が気づき、ヴィクターが即決した。

家は古いけれど、小さな窓が並び、暖炉が大きく、壁と屋根は分厚い。家の中の熱を逃がさないように工夫して建てられている家は、フィンランドの古い建物みたいなデザインで、可愛い。

さっそく台所に立ち、焼きガニ、カニの炊き込みごはん、サケのバター風味スープ、イカのフリッターを作った。

二人でハフハフしながら出来立て熱々の夕食を食べる。

食べ物にはそれほど頓着しないヴィクターだけど、「コンテスには無限の可能性があるな」と言いながら、イカのフリッターとカニの炊き込みごはんを交互に口に入れている。

「こんなに美味しい海の幸を、ポーリーンさんとシリルさんにも食べさせたいなあ。でも遠いものね」

　私がそう言うと、せっせとカニの炊き込みごはんを頬張っていたヴィクターが、何気ない感じにこんなことを言う。

「それならできるよ。食べ物を送ることだけならもう慣れたから簡単だし、俺がドラゴンか鷹になってハルを乗せて飛べば、夜のうちに到着するだろう。直接届けられるぞ。ただ、上空をかなり速く飛ぶことになる。ハルはすごく寒い思いをすると思うから、冬はやめといたほうがいいな」

「直接届けに？　ホルダールまで？　そんなことができるの？　そんな遠くまで飛んで、魔力欠乏の心配はないの？」

「ないと思うよ。足りなくなりそうなら、下に降りればいいんだし。でも、なにも冬のさなかに夜空を飛ぶことはないよ。近距離ならいいけど、隣国までとなると長時間だ。暖かくなってからにしようよ」

「そうね。私たちには時間がたっぷりあるもの、慌てることはないわ」

　食後、挨拶を兼ねてお隣さんに少しずつ全種類の料理を持って挨拶に行った。

「こんにちは。隣に引っ越してきました。私はハル。どうぞよろしく」

「俺はヴィクターです。これ、妻が作りました。美味しいですよ」

「あらまあ、珍しいお料理ね。美味しそう。あ、ちょっと待っててね。うちの料理も味見してみて。

はい、お返しにこれをどうぞ」

とお隣さんはトナカイの肉の燻製をどっさり持たせてくれる。

我が家のお隣さんは私たちと同年代のご夫婦だ。

笑顔が可愛らしい奥さんはリゼットさん。たくましい外見だけど優しそうな旦那さんはニコラさん。二人ともこの国の人に多い淡い色の髪に薄い青色の瞳。二人とも体格がいい。

ご夫婦揃って温厚そうで、この先長くお付き合いできたら嬉しいお隣さんだ。


「ハルとヴィクターはどこから引っ越してきたの？」

「ホルダールからです」

「この国を好きになってもらえたら嬉しいわ。この国は冬が長いけれど、寒い時期ならではの楽しみもあるの。スキー、スケート、氷の家作り、氷を割って魚釣り。一緒に楽しみましょう？」

「はい、ぜひ！」

ニコラさんたちの家からの帰り、ヴィクターがしみじみと話しかけてきた。

「俺さ、十四歳で王城の魔法師部隊に入って、外の世界を知らないまま大人になっただろう？だから、ちょっと感動している。ハルがいなかったら、こういう人間関係も知らないままだったと思う。ハルのおかげで、俺はこの年になって初めて経験することが多いよ」

「私はヴィクターがいてくれるから、この世界で安心して楽しく生活できる。二人で一人みたいなものね」

「レスター王国での暮らしも、二人で一緒に慣れていこう。二人ならどこで暮らしても楽しくやっていけるよ」

「うん！」

帰り道、手をつないで歩く。刺すように寒い夜道だけれど、つないだ手が温かい。


翌日から屋台で料理を売るために動き回った。

メニューは王都で売っていたおかゆとカスタードホットサンドの他に、『コンテスの揚げ団子』と名付けたライスコロッケの三つ。ホットサンドはカスタードクリームのホットサンドにしようと考えていたけれど、ヴィクターは食事系のクロックムッシュがいいと断言する。

「あれを食べたら誰だって驚くよ。絶対にあれがいい。とろけたチーズとハム。それを挟んでいるパンには卵とミルクが染み込ませてある。最高だよ。みんなそんな美味しい食べ物を知らないだろうから、絶対に人気が出るよ」

「ヴィクターがそこまで勧めてくれるなら、そうしようかな」


二日後の開店初日。ヴィクターの予想は大当たりした。

おかゆやコンテスの揚げだんごより、クロックムッシュが大評判の大行列になった。

うちの屋台でクロックムッシュを買ったお客さんたちが食べ歩きしていると、それがいい宣伝になって次のお客さんを呼び込んでくれる。料理して売る。次の日も料理して売る。忙しくて楽しい日々だ。

仕事の合間に商店街を見て歩くこともある。

懐かしいものを見つけたのは、家具店の中。ロッキングチェアだ。

子供のころ、絵本の中で見て一目ぼれしたロッキングチェア。絵本のようなこの世界にもロッキングチェアがあることに感動して、買おうとした。けれど、びっくりするぐらい高価だ。あっちの世界でも高価だったけど、こっちの世界でも高価だ。ゆらゆらさせる部分に手間がかかるものね。


「ハル、その椅子がほしいなら買おうよ」

「ううん。すごく高価だからいい。別になくてもいい物だし」

「なんで我慢するんだよ。金ならあるじゃないか」

「いい。見るだけでいい」

私がそう言うと、ヴィクターは「なんで?」という顔をする。

「屋台でクロックムッシュを何百個、ううん、何千個売ったらこの値段の利益が出るやら、と思うと、贅沢過ぎる気がして買えないのよ」


屋台の商売を始めて数日後。

お隣のリゼットさんとニコラさんご夫婦が買いに来て、私たちを見て驚いている。

「おや。評判のお店があるって聞いたから来てみたら、ハルさんたちだったのかい？」

「あのカニを混ぜたコンテスの料理、あれ売れるわよ。イカの揚げ物だって売り物になる美味しさだったわ。あれも売ればいいのに。そうしたら私、毎日だって買いに来たい」

「褒め過ぎですよ」

ああ、リゼットさんが褒め上手で図に乗ってしまいそうだ。


リゼットさんとニコラさんとはたびたび夕食を一緒に食べるようになり、この近辺の景色がいい場所を教えてもらっている。その中で、私のテンションが一番上がったのは『温泉』だ。

「温泉……？」

興奮し過ぎて言葉を失っていたら、奥さんのリゼットさんが（なぜそんなに驚くの？）という顔をしている。

「山の近くには温泉が湧き出ているわよ。好きなの？」

「好きです。なんていう温泉ですか？」

「温泉に名前なんてないわ。温泉って呼ぶだけ。強いて言えばラーナ地区の温泉って言うぐらいかしら。そんなに温泉が好きなの？」

「大好きです！」

「え？　そうなの？」

そこで驚いたのはヴィクターだ。そういえばヴィクターに温泉の話をしたことがなかった。

こういうとき、「私の故郷では」と説明できないのが実にもどかしい。「あなたの故郷はどちらなの？」と聞かれても答えられない私は、温泉が大好きなことを上手に熱弁できないのだ。

その夜、お隣での夕食会から帰宅して、有り余る温泉への情熱をヴィクターに語る私。ずっと黙って聞いていたヴィクターが、（解せない）という表情で私に尋ねる。

「温泉がそんなに好きだったなんて知らなかった。そもそもハルはお風呂をそんなに好きだったのかい？」

「好きよ！　大好きよ！　だけどこっちじゃ桶で水を汲むところからだし、汲んだ水を温めるにも火加減を見ながらつきっきりなんだもの。大仕事でしょう？　面倒だから我慢していたのよ」

「いやいや、俺に言えば毎日だってお湯を沸かしたのに。なんで言わなかったの？」

「毎日商売で魔法を使ってもらっていたし、ヴィクターの魔法を私の入浴のためだけに使わせたら悪いかと思って」

ヴィクターが「はあああ」と苛立ちを含んだため息をつく。あれ？

「信じられない。夫婦の間で、その遠慮はなんだい？　商売に魔法を使うのはよくて、なぜハルのお風呂に俺の魔法を使うことは遠慮するの？　風呂桶にお湯を溜めるぐらい、なんてことないのに。ハル、言いたいことは言ってくれなきゃわからないよ。結婚してからずっと一緒に暮らしてきたのに、こうやって後から知るの、俺は嫌だよ」

「あ……そうか。そうよね。ごめん。無意識に遠慮していたわ。これからは気をつける。ちゃんと好きなものは好きって言うようにする。ヴィクター、もしかしてホルダールにも温泉があったの？」

「ないと思う。少なくとも俺は聞いたことがない」

「やっぱり。温泉っていう言葉を一度も聞いたことがなかったものね。ああ、温泉。入りたい。この国の温泉は裸で入るの？　服を着て入るの？」

「温泉用の薄い寝間着みたいのを着て入ると聞いたことがある」

「混浴？　それとも男女別々？」

「たぶん混浴。なんで男女を分ける必要があるの？」

「公序良俗の点からよ。服を着て入るから、混浴で問題ないのかな。ああ、温泉。入りたい。ヴィクター、私、温泉に入りたい。海の幸に温泉。一気にレスター王国が好きになったわ」

　ヴィクターは興奮している私を見て機嫌を直し、ニコニコし始めた。

「ヴィクターも嬉しそうね。温泉に入りたいの？」

「俺が嬉しいのは、ハルが嬉しそうだからだよ。ハルが嬉しそうな顔を見るのも、ハルの好きなものを知るのも嬉しいさ。温泉に行こうよ、今度の休みに」

「ぜひ！　温泉と一緒に魔力が湧いている場所があったら最高よね。ま、そんな都合のいい場所はないか」

　しかし、そんな都合のいい場所が、あった。

馬車で五時間ほどの森の中。川の脇に温泉があるらしい。リゼットさんに描いてもらった地図を頼りに温泉に出かけたら、温泉の底から金色の魔力が湧いていた。

ヴィクターには普通のお湯に見えるらしいけど、私の目には金色のお湯に見える。

「これこそ黄金風呂だわ」

感動している私を見ているヴィクターが嬉しそうに笑う。

温泉には人が全くいない。貸し切りだ。ただ地面を掘って石を積んであるだけの浴槽だけど、外から丸見えだけど、問題ない！

リゼットさんは「温泉は気持ちがいいけど、行くまでが大変でしょう？　私は家でお風呂に入ればいいかな」と言っていたが、片道五時間なんて、日本じゃ普通ですよ。

「ハル、本当に入るのか？　ここで？」

「入るよ！　一緒に入ろうよ！」

私が「ふんがー」と鼻息が荒かったせいか、ヴィクターも一緒に入ったが、肌着着用をヴィクターが譲らない。仕方なく持参の寝間着を着て入ったが、服を着て入るとくつろげない。

「裸で入りたい……」

「絶対にだめ！　誰かに見られたらどうするのさ」

「誰もいないって」

「遠くからでも見られたら俺が嫌だ。絶対にだめ！」

このやりとりを十往復ぐらいして諦めた。残念過ぎる。金色の魔力と温泉の効能でダブルで幸福なのに。服が肌に張り付くのがなんとも不快なのだ。ああ、裸で湯に浸かりたかった。

「そんなに温泉が好きなら、俺が魔法でうちの浴槽にここのお湯を転送するよ。え？　なんでそんな顔になるの？　同じでしょう？」

「同じじゃないわよ。それは別物ですよヴィクター。そういう問題じゃないのよ」

ヴィクターは「そうかなあ、同じだと思うけどなあ」とブツブツ言っていたけれど、私に続いてお湯に入った。

二人で並んで温泉の湯に浸かっているとき、ヴィクターが前を向いたまま私に話しかけてきた。

「なあ、ハル、あの……」

「なあに？　温泉、最高ね。気持ちいい」

「ごめんな」

「ごめんって？　何が？　また私を召喚したこと、後悔しているの？」

「申し訳なかったなと思ってさ。俺が召喚しなかったら、ハルはハルがいた世界で好きなだけ温泉に入れたたな」

「いつまでそんなこと言っているの。私はもうこの世界の住人で、あなたの妻で、レスター王国の国民なのに。ヴィクターは自分のなすべきことをした。私は呼ばれてこの国のために役に立った。それでいいじゃない？」

ヴィクターは私を見る。そして小さくうなずいた。

「うん……ありがとうな」

「私こそ、素敵な世界に連れて来てくれてありがとう」

ヴィクターがザバザバと顔を洗ったのは、もしかしたら泣いていたのかもしれない。それが後悔の涙ではなくて、嬉し涙であってほしい。

その後、私の温泉熱が収まるまで、私たちは毎週温泉に出かけた。ヴィクターが「そうだ」と言って、魔法で温泉の浴槽を固め、石を積んでくれた。私がイメージを伝えた通りの岩風呂を作ってくれたのだ。


私の中の温泉ブームが落ち着いた後は、週に一度のお休みの日に二人で大地の魔力が湧き出す場所を探して出かけている。これも楽しい。

今まではピクニックを兼ねて魔力が湧き出す場所を探し、敷物を敷いて座り、大地の魔力を浴びる、ということを繰り返していた。

食事どきになればヴィクターが焚火を焚いて、そこでお湯を沸かしてお茶を淹れ、ソーセージを焼き、パンも炙り、「アツッ」と言いながらジューシーなソーセージパンにかぶりつく。気楽なアウトドアってところだ。

私のお気に入りはソーセージサンド。ヴィクターのお気に入りはおかゆにぶつ切りのソーセージと粗塩を加えてグツグツとなるまで温めたものだ。

「寒い外で焚火と金の魔力の両方に温められ、身体の中からおかゆで温まる。最高だ」

「寒い土地には寒い土地ならではの楽しみ方があるわね」

「そうだな。ハルと一緒だと、俺一人なら絶対に経験しなかった楽しみが見つかるよ」

「夜に到着してテントで泊まるのもいいかも」

「俺が結界を張ってテントを暖めるよ」

「贅沢なアウトドア……」

「うん？　アウトドアとは？」

　ヴィクターにアウトドアについて根掘り葉掘り質問された。説明すると「ふむ。それはあの魔法でいけるな」などとブツブツ言っている。そんなときのヴィクターは、目がキラキラしていて、イケメン度が上がる。だけど、それは本人には内緒だ。

　私にとって、この世界での生活そのものがアウトドアに近いものがある。このおとぎ話のような世界で大好きな人と暮らす日々は、童話の主人公にでもなったみたいだ。


　ある日、私はいいことを思いついた。

「ねえヴィクター。今度からここにベンチを置かない？　座ってもらえば健康にいいんだし、私たちだけで利用するより、たくさんの人に利用してもらったほうがいいと思うの。大地の魔力はみんなで譲り合って浴びればいいと思う」

「うーん、『ここから大地の魔力が湧いてますよ』って知らせるのは感心しないな。ハルの能力に気づかれて話題になったら困る」

「大地の魔力には触れないで、『快癒の椅子　ここに座ると少しずつ健康になります』って書いたらどうかしら」

「それならまあ、いいかな。信じてもらえるかどうかは不明だけど。ハルがやりたいっていうならやってもいいぞ」

「あっ、でも、地主さんに許可をもらわないとならないわよね？」

「そんな必要はないよ。森の中や街道の脇にベンチを置いたら、喜ばれることはあっても文句を言うやつはいないさ」

「ベンチを持っていかれちゃうかな？」

「ああ、その心配なら俺が解消できる。天才魔法使いに任せなさい！」

その意味は、次のお休みにわかった。


私たちは木製のベンチを馬車に積んで運んできたのだけれど、ヴィクターは大地の魔力が湧き出す場所にベンチを置き、おもむろに土魔法を発動した。ほんの一瞬のできごとだった。

「これで大丈夫だ」

「んん？」

近寄ってびっくり。ベンチの足元の土が、がっちり固められている。ベンチの脚は土にしっかりと固定されていて、押してもびくともしない。

「へええ。すごいわねえ、土魔法って。まるでコンクリートみたいにしっかり固まってる。これならベンチを持っていかれる心配がないわね」

「ま、天才魔法使いの俺に任せれば、どんなことも解決だよ」

「はいはい」

「で、コンクリートってなんだい？」

「ごめん。それは私に知識がなくて説明できない」

結局、私たちからベンチの宣伝はしないことにした。ベンチに座った人が効果を実感して、誰かに勧めてくれたらいいなと思っている。自然に噂が広がれば、それでいい。


夜になると、私はその日の売り上げの計算や、明日の仕込みをする。

その間ヴィクターは魔法の研究に没頭していて、今もまだドルーから受け取ったままの身体変化の魔法の書を読みふけっている。

実は私、それがずっと気になっている。

「ねえ、ヴィクター。それって、ブレントさんの家から盗まれた本よね。返すべきじゃない？」

「なんでさ。ブレントは『そんな本は持ってない』って、かつて俺に断言したんだぞ？　ブレントが持っていないと断言した本を、なんでブレントに返す必要があるんだい？」

「それはあまりに屁理屈じゃ……」

「それだけじゃない。俺はホルダールの攻撃魔法偏重主義を危ぶんでいる。この本を返せば、いつの日か身体変化魔法を使って、他国を攻撃するような気がする」

「あっ、そう言われたら確かに」

兵士を攻撃力の強いドラゴンに変身させて他国を攻める、なんて可能性はあるかも。

そういえばあの大災害だって、ホルダールの攻撃魔法偏重主義が全ての源だった。ヴィクターが生きている限りは、ヴィクターがあの本を管理していたほうが平和かもね。

「わかった。その本をどうするかは、ゆっくり考えましょう」

「うん。いつか信用できる魔法使いに渡してもいいと思っているけど、今は俺が預かる。いつか悪意ある者には読めない魔法を生み出したい。それをこの本にかけるのさ」

「それができたら素晴らしいわね」


ボネリの街に来てから、ヴィクターは頻繁にドルーと手紙のやり取りをしている。「俺の初めての弟子」と言って、ドルーを可愛がっている様子。

「俺には親兄弟がいないからさ。ドルーは弟子だけど、なんだか弟みたいにも思えるんだ」

「私がポーリーンさんをお姉さんみたいに思う感じね」

ヴィクターによると、ドルーは少しずつだが着実に植物魔法の腕を上げているらしい。

最近ではこのボネリにまで、その噂が届くようになっている。

馬車の荷台にドルーが育てた『冬でも咲くミニバラ』を飾っていると、それを見て驚く人がほとんどだけれど、中には「おっ。それは最近王都で評判になっている『魔法使いが育てたバラ』じゃないのかい？」という人がちらほら出てきた。

「あら、ご存じなんですか？」

「ああ。仕事で王都に行ったときに、街のあちこちに飾られていたからね。なんでも、若者の魔法使いが育てているらしいよ。結構な高値で売られているのに、王家御用達の看板が許されているというのもあって、人気だったよ」

「そうでしたか。たまたま手に入れることができた私は幸運でしたね」

ドルーは頑張っている。植物魔法使いとして、王家にも世間にも広く認められつつある。

どうか、魔法使いの自分に自信を持って精進し続けますように。私はミニバラを見ながら、そう強く願う。


ドルーを経由して、王女様から手紙が届くこともある。

王女様はご結婚をなさり、国王陛下が退位なさったら女王になるそうだ。手紙には将来の女王としての熱い心意気が書いてある。聡明な女王様が治める国でなら、国民も安心して子育てもできるというものだ。レスター王国の未来は明るい。

この前来た手紙には、こんなことが書いてあった。

『人生で一度だけの経験でしたが、あの日、王都を自由に歩いた楽しさは忘れられません。もっと欲張って、夜遅くまで楽しめばよかったと思っています。それと、ユニコーンになったときも、落ち込んでいないで外を全力で走ってみればよかったと後悔しています。

でも、夫にその話をしたら、「ユニコーンの姿で外に出ていたら、あっという間に捕まって可愛い角を切り取られたはずだ、僕のジュリエッタが人間に戻ったら、おでこに穴が開いていたかもしれない」とたしなめられました。夫はそういう優しい人です』

夫婦円満のご様子で、なによりだ。

レスター王国の冬は長く厳しい。

石畳の大通りは、道の両側に雪かきされて積み上げられている雪で、道幅が細くなっている。しかもでこぼこに踏み固められていて、東京で育った私には歩くのが難しい。よく滑って転んでいる。

風は頬に痛みを感じるほど冷たい。

そんな厳しい環境だけれど、私とヴィクターは寒さに負けてはいない。凍り付いた街の広場で屋台の商売を続けている。人がいるところなら、どんな場所でも食べ物商売は成立するのだ。

荷馬車の周囲に何ヶ所も鉄の釜で火を燃やし、お客さんに暖を取ってもらいながら、コンテスの揚げだんごなるライスコロッケを売り、アツアツのおかゆを売り、贅沢サンドという名前でクロックムッシュを売っている。

荷馬車の周囲は雪が解けて、お客さんたちには「あなたのところはずいぶん贅沢に薪を燃やしているんだなあ」と感心される。本当はヴィクターが火魔法と結界魔法を応用して、馬車を中心にした空間を温めているのだが。

吹雪などの悪天候ではない限り、私たちは週に六日は屋台を出す。

お客さんが来そうもない酷い吹雪の日は、家でそれぞれが用事をこなす。

私は新作料理の開発と編み物。ヴィクターは魔法の研究や椅子作り。なんとロッキングチェアを手作りしている。

「だってハルは、家具店で何度もあの椅子をほしそうに眺めているのに、『高いからいらない』って言うだろう？　だから俺が手作りしてプレゼントするよ。魔法は使わないで手作りだ。完成するまでは座っちゃだめだよ。座り心地は出来上がってからのお楽しみだからね」

私のヴィクターは、本当に優しい人なのだ。


新しい年になってしばらくたったある日のこと。

「ハル、やっとあの椅子が完成したよ。さあ、座ってみてくれよ」

ヴィクターに「さあさあ、早く」と急かされてロッキングチェアに座ってみる。ユラユラと前後に動かしてみれば、少しガタつく気もするけれど、私にとっては世界一座り心地のいい椅子だ。

「嬉しい。こんな素敵なプレゼントをもらったのは初めてよ。ありがとう、ヴィクター」

「プレゼントはこれだけじゃない。手を出してごらん」

私が左手を出すと、ポケットから指輪を取り出した。女性のアクセサリーに全く興味がなさそうなヴィクターが指輪。それだけで嬉しくなる。思わずヴィクターの顔を見ると、ヴィクターがニンマリ笑っている。

「どの指がいい？」

「薬指でお願いします」

あちらの世界では結婚指輪は左手の薬指なのよ、とは言わない。ヴィクターは私が何気なく以前の世界の話をすると、興味津々で食いつくことが多いけれど、たまにしょんぼりすることもあるからだ。いまだに私を召喚したことを申し訳なく思っているらしい。もういいのに。

だから最近はあっちの世界のことは、積極的にはしゃべらない。私はヴィクターが大好きだし、この世界も今では大好きで、この人の笑顔をずっと眺めて生きていきたい。

最近はこの世界の暮らしにすっかり馴染んで、以前の世界を思い出すことがあまりなくなってきた。


指輪を薬指にはめてくれたヴィクターが、満足げに私の手を眺めている。指輪には赤い小さな石がひとつ埋め込まれている。

「可愛い指輪ね。これはルビー？」

「そうだよ。だが、可愛いだけじゃないぞ。まず、このルビーには『防御魔法』を練り込んである。何があってもハルの身体が傷つかないように、強い防御魔法を込めた。宝石の中では、ルビーが一番魔法によく反応するんだ」

「いつの間にこんなすごい指輪を作ったの？」

「ふふふ。俺を甘く見てもらっては困る。この程度の指輪ならいくつでも作れるさ。それと、こ

の指輪にはもうひとつ、便利な魔法が込められているんだ。なんと、俺と会話ができる！」

「えっ、それはすごい。どうやって使うの？」

「指輪に向かって『ヴィクター』とささやいてみて」

そう言ってヴィクターは部屋を出た。

「ヴィクター」

指輪に向かってささやいてみた。

『うん、よく聞こえるよ、ハル』

「うわ、指輪から声が聞こえる！　すごいすごい！」

部屋に戻って来たヴィクターが自慢げだ。

「ハルがいた世界では、『どんなに離れた場所の人とも自由に会話ができる道具がある』と話をしてくれたことがあっただろう？　ハルは使役鳥を使えないから、それを魔法で実現したいとずっと考えていたんだ。この指輪は俺としか会話できないけれど、それでもだいぶ便利になると思うよ」

そう言いながらヴィクターが自分の左手を見せる。

ヴィクターの左手にも同じように赤いルビーを埋め込んだ指輪。

「しかもね、これ、この指輪をしている人にしか声が聞こえないよう、会話と同時に小さな結界を発動するようにしてある。俺はこれから、君が話してくれたあちらの世界の便利な道具を、少しずつ魔法で作っていくつもりなんだ。楽しみにしていてくれ」

「ヴィクター、なんてお礼を言ったらいいのかわからないぐらいよ。本当にありがとう」

ヴィクターは本物の天才魔法使いなだけじゃない。とびきり優しい夫だ。

◇◇◇　ホルダール王国　国王サイド　◇◇◇

ホルダール王国の国王の執務室で、国王と魔法師部隊隊長のブレントが会話をしている。

「ブレント、まだヴィクターの居場所はつかめないのか」

「申し訳ございません。しかし、レスター王国に送り込んだ人間が、ことごとく国境で足止めされておりまして」

「なぜだ？　まさかレスター王国はヴィクターとハルの存在に気づいてしまったのか？」

「それはなんとも。しかし、このところ、急に国外から入ろうとする者への検査が厳しくなりまして。商売人に成りすまして入国しようとしても、新規の商人はなかなか許可が下りません」

「ヴィクターの転送魔法は、途方もない可能性を秘めている。その魔法さえあれば、物や人を好きな場所に送れる。他の魔法使いにも学ばせれば、我が国にとって、大変な利益を生み出すだろう」

「承知しております。全力で捜しておりますので、もうしばらくお待ちください」

国王はヴィクターが病気で自主的に退職したと前宰相のベネディクトから聞かされていた。だが、ベネディクトの職を解いてから耳に入ったのは、『ヴィクターは召喚を失敗した』と判断され、召喚していないことになっていたという事実。

「宰相にそのようなことをさせたのは、我が身の不徳。そのせいで、まことに惜しい魔法使いを失った。天才召喚師とは聞いていたが、ヴィクターは召喚術だけに限らない、本当の天才魔法使いだったのだな。しかも聖女様も一緒に出国してしまうとは」

類を見ないほどの天才魔法使いと聖女の両方を失ったホルダール王国国王の嘆きは深い。

◇◇◇　レスター王国　国王サイド　◇◇◇

レスター王国の国王執務室。白と暖色を基調とした広い部屋で、国王と宰相グルームが楽し気に会話している。

「陛下、ボネリから報告が届きました」

「二人は、変わらず元気に暮らしているのだろうな？」

「はい。ボネリの街で屋台を出し、住民たちに大人気です。毎日昼飯を買いに通っている者の報告では、ハル様が新しいメニューを次々に売り出しているそうです。それがまた大変な美味だと報告が届いております」

「ほう。一度は食べてみたいものだ。他には？」

「週に一度の休みの日は、馬車で出かけています。それが驚いたことに、出かけて行ってはそこにベンチを置いて帰るのです」

「ベンチ？　目的は？」

「ベンチには『快癒の椅子　ここに座ると少しずつ身体の調子がよくなります』と、背もたれの部分に小さく書かれているのです。派遣した者が毎日一時間ずつ座ったところ……」

　国王が身を乗り出した。

「なんだ、早く言わぬか」

「最初は気のせいかと思っていたものの、通っているうちにはっきりと肩こりも腰の重だるさも楽になり、疲れが残らなくなったそうです」

「むうう。その椅子はどこだ？　何かの際には私も座りたい」

「ベンチは今のところ十二ヶ所に置かれておりまして、土魔法で固定されております。なのでベンチではなく、ベンチが置かれた場所に意味があるのではないか、と報告が来ております。聖女様ご夫妻は毎週ベンチを置く場所を探しては置いて行く、という行動を繰り返していますので、今後はもっと数が増えるかと」

「聖女様の善行なのだな。ありがたいご配慮だ」

　レスター王国国王のアムスラムド四世は背中を椅子にもたれさせ、天井を見上げて考え込んでいる。

実はあの日、ハルがユニコーンに触れてジュリエッタの姿を元に戻したのを見て、（この二人は、ホルダール王国から姿を消した聖女様と天才召喚師と呼ばれていた魔法使い殿では？）と思っていた。

ハルは自分たちが疑われていると思っていたようだったが、王の不信感はそこではなかった。（なぜ聖女と魔法使いは、ホルダールからこの国に入って来たのか？　ホルダール王国のために、なんらかの役目を持って潜入しているのではないか）と疑っていたのだ。

だが、調べさせれば調べさせるほど、この二人はつつましく働いて暮らしていた。近所の住民たちの評判もいい。

そして耳に入ってきたのが『ホルダール王国の国王は、王子と聖女を結婚させようとしていた』という情報である。

「なるほど。あの仲睦まじい二人は、引き裂かれるのを嫌がったのか。それとも大騒ぎされるのを嫌う人柄なのかもしれぬ」

次第に二人の事情が読めてきた国王は、ヴィクターが我が娘を別人に変身させるに至って確信した。

「間違いない、この魔法使い殿こそが、大災害を聖女と共に防いだという召喚魔法使いだ」

ヤマネコを魔法で送った場面に立ち会った騎士からも、話を詳細に聞いた。

聖女と魔法使いには、ホルダール王国の密偵のような言動はなかったらしい。

「当人たちがただの魔法使いだと言う以上、余計なことは言わないほうがいいのだろうな」

国王はそう判断して気づかないふりをしていた。

二人を王都に引き留めるいい機会だと思い、たっぷりの褒美と盛大なもてなしをしよう、と思ったものの、あっさり断られ、彼らは王都から出て行ってしまった。


アムスラムドは大変に頭の切れる人物なので、そんなこともあろうかと、ハルたちに見張りをつけておくよう指示しておいた。

幸いなことに、『聖女様と魔法使い様は見張りに気づくことなく移動を続け、地方都市ボネリに腰を落ち着けた』と報告が入っている。

「どうしたらよいか。聖女様は騒ぎ立てられるのを好まないご様子だったし」

アムスラムドはしばらく考え、ボネリの街に王家直属の担当者を八名派遣することにした。担当者はハルたちの様子を遠巻きに見守り、二人の様子を報告するのが役目だ。

担当者は交代で毎日ハルたちの屋台で食べ物を買い、ハルたちが出かければ遠くからその行動を見守り、記録し続けている。

「聖女様と魔法使い殿は『快癒の椅子』と書いたベンチを置いてくださっている。この善行を無駄にしては申し訳ない。すぐさま地主に『そなたの所有地にありがたい効果のあるベンチが設置された。大切に扱うこと。多くの人々にベンチを開放し、自由に座らせること』との通達を出すように」

「かしこまりました」


国王の素早い対応で、ハルとヴィクターが設置したベンチは、大切に保護されている。

しかも、物珍しさで座った人たちは「本当に具合がよくなる」「痛みが軽くなる」「毎日通うと効き目がはっきりわかる」と言っているそうだ。

快癒の椅子はどれも、置かれた地域で評判になっている。

管理を任された地主は、三人掛けのベンチに屋根をつけたりペンキを塗ったりして保護に努めていて、王の願いは叶えられている。

ベンチを利用している人たちは、毎年流行する流行り風邪にかかることもなかった、とか、毎日ベンチを利用している老人たちは元気になった、とか、病にかかった赤子は病の治りが早かった、と報告も続々入ってくる。

「ありがたい。実にありがたい。なんとしても聖女様には、末永く我が国で暮らしていただきたいものよ」


長かった冬が終わり、春本番になった。

日差しも強くなってきたある日、アムスラムド国王の下に、ボネリから早馬が来た。

「大変でございます。あの魔法使い殿が大きな鷹に姿を変えて聖女様を乗せ、夜間にホルダール王国方面へたびたび出かけていらっしゃることがわかりました」

「なんだと。まさか聖女様はホルダールに戻るおつもりではないだろうな」

「わかりません。しかし、お住まいはそのままです」

「そうか。それならきっと、これからもこの国にいてくださるのだろう。引き続き注視し、何か変わったことがあれば、必ず報告せよ」

「はっ」

アムスラムド国王は、ホルダール王家と同じ失敗をするつもりはない。

二人のことで騒ぎ立てて、この国を嫌って他国へ行かれたりしないよう、静かに見守るだけにしている。その上で聖女様に何か困ったことがあれば、陰ながら力になりたい、と思う。

「聖女の治癒魔法をほしがったりするのは慎もう。この国にいてくださるだけでありがたいのだ。我々は自分たちの手で国と民を守ればよい。きっと聖女様はそれをお望みなのだ。それにしても……」

アムスラムド国王は少々黒い笑みを浮かべる。

「ホルダールは愚かなことをしたものよ。聖女様が大災害を防いでくれたことに感謝をしていればいいものを、あろうことか王子と結婚させようとするなどと。欲をかいたせいで聖女様に逃げられるとは、ふっふっふ。我が国は聖女様を利用したりはしない。それが聖女様の御心に沿うことだ」

国王と重鎮たちは、『天変地異が起きないのも、作物が豊作なのも、敵国から戦争をしかけられずにいることも、全ては聖女様のおかげだ』と考えて感謝している。

それがたまたまなのか、聖女ハルがいることでこの国に恩恵がもたらされているのかは、ハル本人にもわからないことだ。

◇　◇　◇　ボネリの領主アンガスサイド　◇　◇　◇

ボネリの街はアンガス伯爵が治めているアンガス領にある。アンガス伯爵は、国王の書状を読んでしばし固まり、天井を見上げた。

「これは大変なことになった」

「領主様、陛下からのご書状にはなんと？」

「これは極秘なのだが、我が領地に聖女様が夫君の魔法使い殿とお越しになったらしい。既に借家にて生活を開始していらっしゃるそうだ」

「それは大変に喜ばしいことでございますね！　聖女様というと、ホルダールの大災害を防ぎ、その後行方知れずとなった、あの？」

「そのようだ。陛下のご書状では、聖女様は騒がれるのがお嫌いなのだとか。ならば我々はどう対応すればよいのか。ただ見守れ、と言われたのを真に受けて見守っていて、いざ何かあってはお叱りを受ける。しかもだ、既にボネリには陛下直属の者が八名も住み込んでいるらしいぞ。これはこれで大変なことだ。我が領地のできごとが全て陛下に報告されてしまう。一大事だ」

これまでレスター王国の北端にあって、のんびりしていたボネリの街。領主のアンガス伯爵は気を引き締めて政務に取り組み、道路の整備や衛生管理に、今まで以上に細かく気を配るようになった。さらに、積極的に治安の向上にも力を入れ始めた。

領民たちは鋭く政治の変化に気づくものである。

「最近、警備隊が街を見回る回数が増えたな」
「おかげで治安がよくなった。ひったくりや泥棒の話を聞かなくなった」
「先週は領主様が直々にボネリの街を視察にいらっしゃった」
「特に平民の住む地区をじっくり見回っていたぞ」
「貧しい者にもご配慮くださるとは、ありがたいことだ」

思いがけず領主アンガスの評判が上がっている。そんな話題は屋台の客からハルとヴィクターの耳にも入り、二人は「いい場所を選んだ。安心して暮らせるね」と喜んでいる。

第九章 ★ その後の二人

　ボネリの街の借家で、ハルとヴィクターが鉢植えを眺めて会話している。鉢植えはドルーから『魔法の相談に乗ってもらっているお礼』として贈られたものだ。魔法でヴィクターがこの家まで運んだのは言うまでもない。

「ヴィクター、この花、きれいねえ。私が知っている牡丹の花にそっくり。しかも濃い色から淡い色に変わっていくところが素敵だわ。その上こんなに何個も咲くなんて。まるで花束みたい」

「ドルーは植物魔法の腕をかなり上げたな」

「王都ではドルーが育てたっていうだけで、どんな花も人気になるらしいわよ」

「植物魔法の腕だけじゃないぞ。ドルーには可愛い恋人もできたらしい。ドルーの作り出す花が大好きな女性だそうだ」

「よかったわねえ。私はもう、親戚のおばちゃん気分だわ。嬉しくて胸がいっぱいになっちゃう。そうだ、ヴィクター、夏が来たら、絶対に一度は海に行きたい。ドルーと恋人も誘って海で遊びましょうよ。ヴィクターが鷹になって迎えに行ってあげればいいじゃない?」

「ああ、いいぞ。でも、海で何をするんだい?」

「海岸を歩きたいし、短い夏を堪能するために少しは泳ぎたい。潮風に吹かれながら美味しい物を食べたい。あっ、でも、こっちの海には、恐ろしい魔物がいたりするの?」

「いる場合もあるが、気にするな。俺が海の中まで結界を張る。それで大丈夫だろう」

「ありがとうヴィクター」

「ああ、任せろ。海まではなにで行く？　いつものように鷹になろうか？　それとも他に乗ってみたいものがあるか？」

「ある！　翼竜に乗ってみたい」

「よくりゅーとは、なんだろう」

「こんな感じ。私がいた世界の大昔の生き物だから、今はいないけどね」

私が紙に翼竜の絵を描き、それを見たヴィクターは渋い顔になった。

「これ、絶対に悪魔の使いとか言われて騒ぎになるよ。怖がらせるし、攻撃される。だめだよ」

「そうかあ。乗ってみたかったんだけどなあ。夜でもだめ？」

「夜か？　うーん。ハルがそこまで乗ってみたいと言うなら考えてみようかな。天才魔法使いの俺が、よくりゅーとやらに変化してやるか」

「やった！　ありがとうヴィクター。あ、その次は翼のある真っ白な馬がいい！」

「翼のある馬？　ハルのいた世界っていったい……」

「あっ、違う違う。翼のある白い馬は、空想上の動物なのよ」

私たちは空の旅を頻繁に楽しんでいたが、ある日を境にピタリとやめた。なぜなら私のおなかの中に、赤ちゃんが宿ったからだ。もう空の旅は当分の間、中止。

屋台の商売はギリギリまでは続けたいと願う私のために、ヴィクターは今、料理の特訓中だ。

「ハルにばかり料理を作らせていたら、疲れるだろう？　俺が半分は手伝えるように、料理を覚えるよ」

「火加減も管理してくれているし、商品の受け渡しやお金のやり取りもしてくれているじゃないの。今のままでも十分なのに」

「いいんだ。俺がやりたいんだから。俺が父親になるんだ、何でもできる父親になりたい」

「ありがとう。あなたは既にいい父親よ」

「最高の父親を目指すつもりだよ。そして生まれてくる子が魔力持ちだったら、俺が最高の魔法の指導者になる！」

「う、うん。このおなかの子供に魔力があるといいわね。でも、あんまり期待しないでね」

「わかってるさ。魔力があってもなくても、俺とハルの子供だからな。可愛がるぞ」

「あとね、あんまり父親が立派だと、二世はたいてい嫌気が差しちゃうのがお約束だから。魔法の指導は、ほどほどにね」

「お、おう」


ポーリーンさんはひと足先にお母さんになっていて、赤ちゃんの様子を頻繁に手紙で知らせてくれている。

「子供たちを一緒に遊ばせたいわね」とか「ハルのおなかが大きいところをひと目見たい」とか。

今では従姉《いとこ》のお姉さんみたいな存在だ。シリルさんはよき夫であり、よき父親、というより溺愛パパらしい。

編み物が大好きなエイダさんは、『赤ちゃんを授かった』と手紙で知らせたら、手編みの靴下、帽子、手袋、おくるみ、赤ちゃん用のコートまで編んでくれた。

エイダさんとは、もはや私のお母さんと言ってもいいくらい仲よしになった。エイダさんも「私に娘がいたらハルさんみたいな感じかしらね」と言ってくれている。

あの日、ヴィクターがネズミになって行方不明になったのは恐ろしいできごとだったけれど、そのおかげでエイダさんとここまで親しくなれた。人生は何が幸いするかわからないものだ。

月が満ちて、私は女の子を産んだ。

サヤと名付けた娘は、私と同じように魔力はないものの、魔法を無効化できる子だった。

その能力がわかったのは、ヴィクターがサヤのためにと、繰り返しベビーベッドに結界魔法を張っても消えてしまうことで判明した。

「どうせなら、ヴィクターに似て高い能力の魔法使いだとよかったのに」

「いや。魔法無効化の能力を持っているのなら、もしかしたらサヤは治癒魔法も……」

「治癒魔法が使えたら便利だけど、多くは期待しないようにしましょうよ」

ヴィクターの予想が証明されたのは、サヤが一歳を過ぎたころ。

「ママ！」と言いながら、外でよちよちと私に近寄ろうとしたサヤが転び、半ズボンから出ていた柔らかい膝をすりむいて血が出た。私がサヤに近寄って治癒魔法を使う前に、サヤは自分の手で膝を撫で、瞬時に怪我を消してしまった。

「あらまぁ」

「やはりか。そんな気がしていたんだ。ハルのおなかで育っている間に、治癒魔法の力も受け継いだんだな」

「この能力は便利だから、ありがたいわね。でもこの能力を知られたら、サヤは周りの人に騒がれるんじゃないかしら」


しかし、サヤを産んでしばらくのちのこと。

ニコラさんご夫妻とおしゃべりしていて、私とヴィクターは驚きの事実を知ることになる。

どうやらボネリの街の人々は、私が聖女であることも、ヴィクターが大変な能力の魔法使いであることも知っていたのだ。


「えっ。いつから？　ニコラさん、いったいいつから知っていたの？」

「うーん、わりと最初から。ハルたちがベンチを置いて回っている姿はあちこちで見られていたみたい。でね、地主たちに領主様から『ありがたい効能のあるベンチだから大切にみんなで使うように』ってお達しが出たのよ。それでね、『それならベンチを置いて回っているあの黒髪の女性は、聖女様なのでは？』ってことになったらしいわ。最初はみんな半信半疑だったと思うけど、あのベンチ、本当に効果があるじゃない？」

「ニコラさんは、知っていて黙ってくれていたの？」

「うん、だって、領主様は王様に『騒がれるのがお嫌いな方だから、そっとしておくように』って言われたんだって。それが周囲の人たちから少しずつ広がったのかな？」

「えええ」

「でもね、私も薄々そうじゃないかとは思ってた。ハルは隠しているけれど、腕にも足にも、美しい植物の模様が描かれているでしょう？　その話、ホルダールで出版された『ホルダール聖女物語』に書いてあるのよ。レスター王国でも翻訳されて、人気の本なのよね」

「あらぁ。そんな本が出版されているの？　全然知らなかった。それ、著者は誰なの？」

「ちょっと待って。今見てみる」

なんと、ニコラさんの家にはその『ホルダール聖女物語』があった。ニコラさんたら、買ったのかい！

「著者はね、ヒュー・ドリンドルって人。知ってる人？」

「ヒュー・ドリンドル。聞いたことがあるような。ヒュー・ドリンドル……あっ！　わかった！聖女の研究をしている人で、やたらに私を拝んでいた人だわ。私の行動や会話を、なんでもかんでも記録していると思ったら。本にしたのね」

「この街の人たちは、みんな知っているかも。ハルが騒がれたり特別扱いされたりするのを嫌がるからって、知らん顔をしているんじゃないかしら」

「うわあ。なんだか恥ずかしい。それに、みなさんに気を使わせてしまって、申し訳ない気分だわ」

「何を言っているのよ！　あなたは、ここにいるだけですごいのに。あなたが来てから海では豊漁続き、畑では豊作続き、流行り病も発生しないし、日照りも大雨もないもの。これ、全部あなたのおかげだって、みんな感謝しているわ」

「まさか。偶然よ。私にそんな偉大な力はないって」

「偶然かどうか、この先の年月が答えを出してくれるわよ。ハルのおかげじゃないのなら、こんなに恵まれた年が続くわけがないんだもの。この状態が続いたらハルのおかげだって、はっきりするわ」

「そうね。偶然だってことがはっきりするわね」


ところが、だ。

翌年も、その翌年も、ボネリの街は大漁で豊作。雨はほどよく降り、流行り病は発生しなかった。

「ヴィクター、こんなことってあると思う？」

「ある」

「即答？　なんでそう思うの？」

「雷が落ちると作物は豊作って言い伝えがあるのは知ってる？」

「前の世界で聞いたことがある」

「君はホルダールで、大地を大きく抉るような量の魔力を何度も何度も引き受けただろう？」

「でも、全部大地に流したじゃない」

「あれだけの膨大な量の魔力が君の身体を通って、何も影響しないわけがない。そもそも君の全身に現れた植物の模様は、豊かな生命力を表しているのかもしれないよ」

「あら。この模様、そういうこと？」

「俺はそういう意味だと思う。君はいるだけで豊かな自然の恵みを生み出す身体になったのかもしれない」

「へええ！　でもそれじゃ、まるで私自身が大地の魔力みたいじゃないの」

「実際そうかもな。この世界を循環している巨大な力の一部に組み込まれたのかも」

ヴィクターが真顔なので、私のほうが驚いてしまう。

「まさか」

「俺はそのまさかだと思う」

私自身は実感がないけど、そうだったら嬉しいことだ。私がいるだけでこの世界が豊かになって、みんなが幸せになるなんて。

それにしてもこの国のみなさんの配慮のすごさよ。多くの人が私の正体に気づいていることに、私は全く気づかなかった。

私はヴィクターと共にこのレスター王国で生活し、私たちの子供が楽しく平和に生きていけることを願っている。

屋台で美味しい食べ物を売り、大地の魔力が湧き出す場所を探しては、ベンチを置く。

この世界に放り込まれて、最初は困っていた私だけれど、今は頼りになる夫のヴィクターがいる。

私たちの子供は成長し、大人になってまた子供を産むだろう。

私はこの世界の人間として生きている。望まぬ召喚でこの世界に呼ばれたけれど、もう困ってはいない。

エピローグ★二百年後のボネリにて

ハルとヴィクターがボネリの街に住み始めた日から、二百年以上が過ぎた。

ボネリを抱えるこの領地は繁栄を続けている。

流行り病はボネリには侵入しない。

雨はほどよく降って畑は豊作が続き、海では豊漁が続いている。

ボネリはレスター王国の民に『祝福された街』と呼ばれている。


「お母さん、今度のお休みにはどこに行くの？」

「まだ行ったことのない街に行こうかしら」

母と子が見ているのはレスター王国の地図だ。地図にはたくさんのバツ印が書き込まれている。印は全て、ベンチが置かれている所だ。

「ずいぶん遠い場所しか残ってないよ。もう二百年間もあちこちの親戚がベンチを置き続けているんだもの」

「遠いところは……あなたに変身してもらって飛ぶしかないかしら」

「やった！　僕ね、翼竜になりたい。あれ、強そうで大好き！」

「うーん、翼竜はやめておきましょうよ。見た人を怖がらせるもの」

少年が見ているのは母親と少年の先祖が書き記した本だ。著者の名前は『ヴィクター』とだけ書いてある。

そこにはこの世界の動物や絶滅した動物の他に、不思議な動物の絵が描かれている。

翼竜はそのひとつだ。

「いとこのエドルはこの前、ペガサスに変身したらしいよ。かっこいいよね、翼のある白馬なんて」

「じゃあ、あなたもそのうちペガサスになる練習をしてみましょうか」

「うん！　僕ね、学校で魔法使いはいいなあって羨ましがられてるよ。でも、僕もお母さんの治癒魔法も使えたらいいのにな」

「治癒魔法はうちの家系でも、使えるのは女の子だけだから。男の子には魔法の才能、女の子には治癒魔法。それだけでも十分ありがたいことだわ」

「ねえ、この国にいる魔法使いは、全部親戚なんでしょう？」

「ほとんどがそうね。この本を書いたヴィクターと妻のハルが私たちの先祖。お二人は我が国だけじゃなくて、お隣のホルダール王国でも伝説の人物なのよ」

「他の国でも有名だなんて、すごいよ。ね、お父さん？」

「そうだな。レスター王国の魔法使いの歴史は、この二人がホルダールからこのレスターに引っ越してきたときから始まるといってもいいんだ。ヴィクターという人は何百年に一度と言われるほどの天才魔法使いだったらしい。しかも、その妻のハルは、本物の聖女だ。その末裔であるお前のお母さんは、高位の貴族から求婚されるほど人気だったんだぞ」

「お母さん、ほんと？」

「本当よ。色々な人に求婚されたけれど、あなたのパパが一番素敵だったのよ」


ハルとヴィクターの末裔は、この国で増え続けている。

ヴィクターが書き残した魔法の指導書は、魔法使いの数だけ存在している。なぜなら、本は、子が複数ならば、足りない分だけ書き写されて、子が成人したときに渡されているからだ。

その魔法書で学んだ者が、魔法を使って悪事を働くことはない。

なぜなら、ヴィクターが魔法書に書かれている内容自体に魔法をかけたからだ。悪意ある者には読めず、心が清い状態で学んだ後で悪意を持てば、発動できないようにしてあるからだ。


ハルが次々と考案して売っていた料理の数々は、今ではボネリの街にとどまらず、レスター王国の料理として広まっている。

国内に置かれた『快癒の椅子』の数は、二百を優に超える。

快癒の椅子のおかげで、レスター王国では、国民の寿命が延び、人口が増えている。

ハルとヴィクターを先祖とする魔法使いと治癒魔法使いも、少しずつ増えている。レスター王国の方針として、魔法使いは大切にされるものの、国に取り込まれることはない。

彼らは市中で自由に生きている。

現在、レスター王国は、周辺各国から『美味と魔法と聖なる加護の国』と称され、着実に繁栄の道を進んでいる。

本書に対するご意見、ご感想をお寄せください。

あて先

〒162-8540 東京都新宿区東五軒町3-28
双葉社　Mノベルス f 編集部
「守雨先生」係／「仁藤あかね先生」係
もしくは monster@futabasha.co.jp まで

Mf ノベルス

ええ、召喚《しょうかん》されて困《こま》っている聖女《せいじょ》（仮《かり》）とは私《わたし》のことです② ～魔力《まりょく》がないと追放《ついほう》されましたが、イケメン召喚師《しょうかんし》と手《て》を組《く》んで世界《せかい》を救《すく》います！～

2023年6月12日　第1刷発行

著　者　守雨《しゅう》

発行者　島野浩二

発行所　株式会社双葉社
〒162-8540　東京都新宿区東五軒町3番28号
［電話］03-5261-4818（営業）　03-5261-4851（編集）
http://www.futabasha.co.jp/（双葉社の書籍・コミック・ムックが買えます）

印刷・製本所　三晃印刷株式会社

［電話］03-5261-4822（製作部）
ISBN 978-4-575-24636-0 C0093　